三代目誕
JN044286
か屋 人情帖33
倉阪鬼一郎
時代小説
二見時代小説文庫

三代目誕生——小料理のどか屋人情帖33

目次

第一章　鰹の梅たたき膳　7
第二章　枝豆海老かき揚げ　27
第三章　穴子八幡巻き　52
第四章　胡瓜づくし　78
第五章　最後の豆腐飯　99
第六章　ほっこり椀　122

第七章　万吉膳（まんきちぜん）　146
第八章　三代目の巻　168
第九章　幸（さち）くらべ膳　197
第十章　穴子づくし　225
終　章　万吉飯　260

三代目誕生　小料理のどか屋 人情帖33・主な登場人物

時吉……のどか屋の主。元は大和梨川藩の侍・磯貝徳右衛門。長吉屋の花板も務める。

おちよ……時吉の女房。時吉の師匠で料理人の長吉の娘。不思議な勘働きをすることがある。

長　吉……「長吉屋」を営む古参の料理人。諸国の吉名乗りの弟子を訪ね歩く旅に出ていた。

千吉……祖父長吉、父時吉の下で修業を積んだ「のどか屋」の若き二代目。

およう……「若おかみ」と皆から可愛がられる千吉の女房。男子「万吉」を授かる。

信兵衛……「のどか屋」のほかにも手広く旅籠を営む元締め。のどか屋に通う常連でもある。

寅次……のどか屋の常連の湯屋。同じく常連の棒手振りの富八と二人でやって来る。

安東満三郎……隠密仕事をする黒四組のかしら。甘いものに目がない、のどか屋の常連。

万年平之助……黒四組配下の隠密廻り同心、「幽霊同心」とも呼ばれる。千吉と仲が良い。

大橋季川……季川は俳号。のどか屋に長く通う常連、おちよの俳諧の師匠でもある。

筒堂出羽守良友……傍流ながら大和梨川藩主の座に就く。筒井堂之進の偽名で微行を楽しむ。

原川新五郎……時吉の大和梨川藩時代の道場仲間。出世をして江戸詰家老となる。

目出鯛三……狂歌師。瓦版の文案なども手がけ、さらには料理の指南書も書く器用な男。

仁助と義三郎……庄内藩から、仲間ら七名である目的のために江戸へ出て来た百姓。

幸右衛門……小伝馬町で書肆、灯屋を営む男。料理早指南の出版に取り組む。

第一章　鰹(かつお)の梅たたき膳

一

横山町(よこやまちょう)の旅籠(はたご)付き小料理屋、のどか屋の前に貼り紙が出た。
中食(ちゅうじき)が何か、客に知らせる貼り紙だ。

けふの中食
かつをの梅たたき膳
おひたし　とうふ汁　香の物つき
四十食かぎり　四十文

「おっ、鰹が安くなってきたぜ」

「初鰹じゃ手が届かねえからよ」

そろいの半纏の大工衆が指さして言った。

「なら、のれんが出るのを待って食ってくか？」

「待つのは大儀だな」

「待ってまで食うこたあねえぜ」

江戸っ子はとかく気が短い。すぐにでも立ち去りそうな気配だった。

その様子を見世の中からうかがっていた者がいた。

のどか屋の大おかみのおちよだ。

「支度はいいわね？」

厨に向かって声をかける。

「はい、大丈夫で」

跡取り息子の千吉がいい声を響かせた。

あるじの時吉は浅草の福井町の名店、長吉屋の留守を預かっており、休みの日のほかはのどか屋から毎日通っている。料理の師匠でおちよの父でもある長吉は、日の本じゅうに散らばった弟子のもとをたずねる旅に出ている。その留守を預かる役として、料理の弟子で義理の息子に当たる時吉が奮闘しているところだ。

かつては磯貝徳右衛門という名の武士で、大和梨川藩の禄を食み、右に出る者のない剣の遣い手として鳴らしていた。剣を包丁に持ち替えて久しいが、若き日の鍛錬の蓄えがあるから、毎日浅草へ通ってもとりたてて疲れの色は見せていない。

「なら、のれんを出すわね」

おちよが言った。

「気張っていきましょう」

長年手伝っているおけいが言う。

「はい、承知で」

若おかみのおようが笑みを浮かべた。

千吉とのあいだに、秋にはややこが生まれる。時吉、千吉に続く三代目で、いささか気が早いが男の子なら「万吉」にしようという相談がまとまっていた。

「落ち着いてね」

おちよは最後に双子の娘に声をかけた。

「はい」

声がそろった。

江美と戸美だ。

のどか屋ばかりでなく、元締めの信兵衛が持っている旅籠を掛け持ちで手伝っている。小料理屋を兼ねていて中食を出すのはここだけだから、昼はのどか屋の手伝いだ。

「お待たせいたしました。中食のお膳、始めさせていただきます」

おちよが明るい声を響かせ、見世の前にさっとあたたかな色合いののれんを出した。

二

「いらっしゃいまし。空いているところへどうぞ」

おようが身ぶりをまじえて言った。

「おっ、今日もいい声だな」

「その笑顔と声だけで腹一杯になるぜ」

「なら、おめえだけ帰りな」

なじみの大工衆が掛け合う。

檜の一枚板の席と小上がりの座敷、それに、中食では茣蓙が敷かれた土間にも客が陣取る。客も四十食かぎりと分かっていて早めにやってくるから、たちまち合戦場のような忙しさになる。

その後も続けざまに客が入ってきた。

「お膳、あと八つ」

おけいが切迫した声をあげる。

「はいよ」

千吉は大車輪で手を動かしていた。

今日の膳の顔は鰹の梅たたきだ。

鰹の皮目を下にして焼き網にのせ、しっかりと焼く。こうすることで脂がとろりと溶けて、えも言われぬうまさになる。

あぶった鰹は冷たい水で締めるやり方もあるが、あつあつのまま切って酢をなじませ、手際よく手でたたくほうができたてをおいしく味わうことができる。

「薬味とたれをお願い」

千吉がおように言った。

運び役はおけいと双子の姉妹がいるから足りている。案内役と勘定場はおちよに任せておけばいい。そこで、おようも厨に入って手伝っていた。

「承知で」

若おかみはいい声で答えると、あらかじめ用意してあった薬味をのせ、梅肉だれをかけた。

葱に生姜に青紫蘇に貝割菜。さわやかな香りの薬味と、たたいて裏ごしした梅肉をだしと醬油と酢でのばして片栗粉でとろみをつけた梅肉だれが、鰹のうま味をさらに引き立てる。のどか屋の若夫婦が力を合わせた自慢のひと品だ。

これにほかほかの飯と豆腐汁、青菜のお浸しと香の物がつく。盛りもいいから、体を使う大工衆や左官衆などにも好評だ。

「はい、どんどん運んで」

おようが声をかけた。

「いま行きます」

姉の江美が答えた。

「わたしも」

妹の戸美も和す。

「お待たせしました。……あっ、危ないよ」

おけいが足元を通り過ぎた猫の小太郎に声をかけた。

「ひっくり返されたら大変だからよ」

「前に若おかみがやってたぜ」

「こら、表で遊んでな」

大工衆の一人が小太郎に言った。

いまは見世の横手でお地蔵さまになっている初代のどかから、のどか屋では猫を欠かしたことがない。一に小料理屋、二に旅籠、三は猫屋と言われているくらいで、とりどりの猫が出迎えてくれる。

いちばんの古参はしっぽにだけ縞模様のある白猫のゆきだ。もうだいぶ齢で、お産もしなくなった。酒樽の上に置いてもらった敷き物に陣取って、青い目を見開いてのどか屋の様子を見守っている。

銀と白と黒の縞模様が美しい小太郎と、醤油みたいに真っ黒なしょう、ゆきはおのれとは違う色合いの子を産んだ。その点、茶白の縞模様がある二代目のどかは同じ柄の子ばかり産む。のどか屋の猫は福猫だという評判が立ち、子猫はほうぼうへもらわれていく。ただし、なかには里子に出さずに残す猫もいた。二代目のどかの子では、雄猫のふくもそうだ。母猫と同じ柄で、いちばんの新参だが、このところはずいぶん恰幅が良くなってきた。

「いやあ、うめえな、こりゃ」

「あぶり加減が絶妙だぜ、二代目」

客から声が飛ぶ。

「ありがたく存じます」

厨で手を動かしながら千吉が言った。

「手は追いついてる？」

勘定と案内がひと息ついたおちよが案じて声をかけた。

「大丈夫で」

千吉が答えた。

「手伝ってますから」

おようも和す。

あれもこれもと欲張るあまり、手が遅れて客を待たせることがいままでにいくたびかあったが、今日は大丈夫そうだ。

「それにしても、うめえ」

「来て良かったぜ」

「いつもうめえがよ」

客の評判は上々だった。

のどか屋の中食の膳は、今日も好評のうちに滞りなく売り切れた。

三

中食が終わると、いったんのれんがしまわれる。

のどか屋は短い中休みに入る。二幕目には酒と小粋な肴を出す見世になるから、千吉は仕込みに余念がない。大おかみのおちよは短い仮眠だ。

ほかの女たちは旅籠の掃除などをしてから、日によっては先にまかないを食べ、客の呼び込みに出る。横山町からほど近い両国橋の西詰は江戸でも指折りの繁華な場所だから、ずいぶんと人出が多い。ほかの旅籠との競いになるが、ここで呼び込みをして泊まり客を案内してくるのが大事なつとめだった。

「なら、行ってきます」

おようが明るい声を響かせた。

秋口にはお産だが、まだ両国の川開きの前だ。ほどほどに身を動かしていたほうがいいらしいから、これまでと変わりなく呼び込みに出ている。

「気をつけて」

厨で仕込みの手を動かしながら、千吉が言った。

かつては半裃を身に着けて呼び込みに出ていたものだが、いまは二代目の顔でどっしりと構えている。

「行ってらっしゃい」

ゆきをだっこしたおちよが見送った。

日和も良く、両国橋の西詰はいつにも増して人出が多かった。

それを当てこんだ旅籠の呼び込みも目立った。

「お泊まりは、内湯のついた大松屋へ」

二代目の升造が気の入った声を発した。

千吉の幼なじみで、のどか屋のすぐ近くの旅籠の二代目だ。同じ元締めの信兵衛が持っている旅籠には、ほかに巴屋と善屋がある。善屋は浅草で少し離れているからともかく、ほかの旅籠はこの繁華な場所で呼び込みを行うことが多かった。

大松屋の升造は手伝いをしていたおうのと結ばれ、千吉に先んじて三代目ができた。升吉と名づけたから、ここいらは吉だらけだ。

かつてはおうのとともに若夫婦で呼び込みを行っていたものだが、赤子がいるからとても無理だ。いまは升造が一人で気張って声をあげている。

「のどか屋は朝餉つき、名物の豆腐飯がおいしいですよー」

おけいも負けじと呼び込みの声をあげる。

「豆腐飯を召し上がるためにのどか屋に泊まるお客さんも多いんです。どうぞいらしてくださいまし」

おようも如才(じょさい)なく言った。

「巴屋は建て増しをしたばかりです」

「畳がまだ若いですよ」

江美と戸美は、今日は巴屋の呼び込みだ。

双子の姉妹はすっかり慣れて、物おじせずに声をかけている。

「うちはどこよりも安いですよ」

ほかの旅籠も負けてはいない。

見慣れぬ顔の呼び込みが手をたたきながら言った。

法被(はっぴ)には「須里屋」と記されていた。すざとや、と読むのだろうが、あまり聞かない名だ。

そのうち、知った顔がふらりと通りかかった。

黒四組(くろよんぐみ)の万年平之助(まんねんへいのすけ)同心だ。

「おう、精が出るな」

万年同心は呼び込みの面々に声をかけた。

「はい、気張ってやってます」

おようが明るく答える。

「そうかい。そりゃ何よりだ」

万年同心はそう言うと、ちらりと脇のほうへ目をすべらせた。

町方の隠密廻り同心と同様の役どころだが、今日は薬売りに身をやつしている。その正体は、網をくぐり抜けようとする悪を捕まえて懲らしめる影御用の男だ。

そこへ、いくたりかの男が姿を現した。

「同じ宿ではいかんでの」

「んだ、んだ」

声をひそめて相談する。

何かわけのありそうな男たちには、みちのくと思われる訛りがあった。

「大松屋は内湯がついておりますよ」

升造がここぞとばかりに呼びこむ。

「のどか屋は朝餉つきです」

おようが負けじと言った。

「大人数なら」

「巴屋へ」

双子の姉妹の声がそろう。

「須里屋はお安いですよ」

あきないがたきも割って入る。

十人あまりいる男たちは声を落として相談を始めた。

「松屋(まつや)とすぐつなげる旅籠がいいべや」

「んだ」

「なら、まんず三つぐれえに分がれるべ」

その様子を、のどか屋の若おかみと万年同心がじっとうかがっていた。

結局、客は大松屋とのどか屋と巴屋に分かれて泊まることになった。

獲物を逃した須里屋の番頭とおぼしき男は、すぐべつの客に声をかけはじめた。

四

「なんだかわけがありそうだったな」

岩本町の湯屋のあるじが少し声をひそめて言った。

「湯屋はどうかって誘ったのに、まったく乗り気じゃなかったから」

野菜の棒手振(ぼてふ)りの富八(とみはち)が言った。

湯屋のあるじの寅次(とらじ)とは、御神酒徳利(おみきどっくり)と言われているほどで、いつも一緒に動いている。

「みちのくのほうのお客さんみたいですね」

おちよが言った。

「だいぶ訛りがあったから」

厨で肴(さかな)をつくりながら、千吉が言った。

中食の膳とはうって変わって、二幕目には凝った酒の肴も出す。それを目当てに通う常連も多い。

「みちのくのほうなら、越訴衆(えっそしゅう)かもしれないよ」

檜の一枚板の席に陣取っていた元締めの信兵衛が言った。

のどか屋、大松屋、巴屋、善屋を束ねる旅籠の元締めだから、常連中の常連だ。

「越訴衆ですか？」

肴を運んできたおようが問うた。

「そう。わたしもくわしくは知らないんだが、左前になってきた川越藩がいろいろな手を使って、裕福な庄内藩に国替えになるように働きかけたらしいんだ。それで、庄内の人々にとってみたら寝耳に水の話で、殿様がよその国へ行かないように江戸へ訴えに来ている者もいると聞いた」

元締めはざっと伝えると、小鯵の南蛮漬けに箸を伸ばした。

小鯵をじっくり揚げ、熱いうちに南蛮酢に漬ける。焼き葱や生姜や鷹の爪を加えた南蛮酢に漬けて丸一日置き、一緒に漬けた焼き葱などを添えれば、通も思わずうなる酒の肴になる。

わらべ向きの餡巻きなども得意だが、場数を踏んだ二代目はこういった渋い肴も巧みにつくれるようになった。

「そりゃあ、実りの多い国で泰平に暮らしていたのに、藪から棒に他国へ行けっていうのは理不尽ですな」

同じ一枚板の席に陣取っていた力屋のあるじの信五郎が言った。

馬喰町の力屋は、その名のとおり、食えば力が出る料理を供する飯屋だ。

飯は大盛り。芋の煮つけや煮魚や揚げ物や青菜のお浸しや具だくさんの汁など、身の養いになって力が出る料理を出す。駕籠かきや飛脚や荷車引き、汗をかくあきないの男たちに重宝されて繁盛していた。出た汗を補うため、味つけはのどか屋より濃いめだ。

「うちののれんを取り上げて、よそへ移れって言われたみたいなもんですからね」

千吉が言った。

「それは困るわねえ」

おちよの眉が曇る。

「で、さっきのみちのくの人たちは、何か企みがあって江戸へ来たんでしょうな、あの顔つきは」

湯屋のあるじが言った。

「企みって、悪いことをやるみたいで」

野菜の棒手振りが少し苦笑いを浮かべた。

「去年の十一月に三方領地替えの御沙汰が下ってから、なんとか沙汰止みにさせようといろいろな動きがあったらしい。くわしいことは、わたしらには分からないがね」

元締めが言った。

「平(へい)ちゃんなら知ってるかも」

千吉が気安く呼んだのは、万年平之助同心のことだ。

「あんみつの旦那もくわしいはず」

おちよが言った。

万年同心の上役で、悪党退治の影御用にたずさわる黒四組のかしら、あんみつ隠密こと安東満三郎(あんどうみつさぶろう)は古くからののどか屋の常連だ。

「とりあえず、時吉さんが戻ってきたら伝えておいたほうがいいね」

信兵衛が言った。

「うちはお二人ですけど、大松屋さんと巴屋さんにも同じみちのくのお客さんが泊まってるはず」

呼び込みをしたおようが不安げに言った。

「なら、さっそくそちらにも伝えてこよう」

元締めが腰を上げた。

五

「その話は長吉屋のお客さんから聞いたことがある」

のどか屋へ戻ってきた時吉が言った。

すでにのれんはしまわれている。千吉とおようは巴屋の近くの長屋へ戻った。なにぶんおようは身重だから遅くまで働かせることはない。

「みちのくのお客さんたち、まだ戻ってこないけど」

少し心配げにおちよが言った。

「どこぞで相談事でもしているのかもしれない」

仕込みにまずいところはないか検分していた時吉は、一枚板の席に腰を下ろした。

おちよがそれと察してお茶の支度を始める。

「寅次さんが湯屋に誘ったけど、まったく乗り気じゃなくて」

おちよが告げた。

「それどころじゃないんだろう。物見遊山(ものみゆさん)で江戸へ来たのとは違う」

時吉が言った。

「領地替えを沙汰止みにさせるためにいろいろ動いてるんじゃないかと元締めさんは言ってたけど」

おちよがそう言って湯呑みを差し出した。

「同じ人ではないだろうが、これまでも駕籠訴がいくたびもあったらしい」

時吉は茶を少し啜ってから言った。

「駕籠訴って？」

おちよが訊く。

「幕閣が乗った駕籠に近づいて『畏れながら』と書状を渡し、三方領地替えの沙汰止みを訴えるわけだ」

時吉は湯呑みを書状に見立てて言った。

「それは命がけねえ」

と、おちよ。

「国替えでいちばん貧乏くじを引くのは庄内の人たちだからな」

時吉はそう言ってまた苦そうに茶を啜った。

「領民まで移るわけじゃないんでしょう？」

いま一つ話が呑みこめていないおちよが軽く首をかしげた。

「移るのは殿様だけでも、庄内の殿様は名君として知られていたらしい。その代わりに川越藩の殿様が入って、年貢(ねんぐ)の取り立てが厳しくなったりしたら大変だと民が立ち上がったようだ」

時吉は答えた。

「ああ、なるほど」

おちよがうなずく。

「まあそのあたりは、長吉屋にくわしそうなお客さんが来たら訊いてみることにしよう」

時吉はそう言うと、残りの茶を呑み干した。

第二章　枝豆海老かき揚げ

一

みちのく訛りのある二人の客は、夜遅くに帰ってきた。

朝餉にはみな顔を出した。のどか屋名物、豆腐飯の朝餉だ。

豆腐を江戸風に甘辛く煮て、ほかほかの飯にのせて供する。

まずは匙で豆腐だけすくって食す。これだけでも味がしみていて存分にうまい。

続いて、飯とまぜて食べる。さらに、刻み海苔や葱やおろし山葵といった薬味を添えて味わう。

一度の膳で三度の楽しみができる豆腐飯に、具だくさんの味噌汁と香の物、それに小鉢がつく。

今日は昆布豆だ。青菜のお浸しや胡麻和え、あるいは切干大根やひじきの煮つけなどが出ることもある。身の養いになるようにという心遣いもなされた、至れりつくせりの朝餉だ。

「うんめえ」

二人組の一人が声を発した。

「江戸では、こげなうめえもんを食えるんだのう」

年かさの男が感に堪えたように言う。

「んだ……うめえ」

もう一人が和す。

「おめえさんら、遠くから出てきたのかい」

「訛りがあるからよ」

なじみの大工衆が問うた。

「んだ」

年かさの男が警戒の面持ちで短く答えた。

「江戸見物かい」

大工の一人が気安くたずねた。

「いんや」

　首を横に振る。

「何か用があって江戸へ出てこられたのでしょうか」

　時吉がさぐるように問うた。

「みちのくのほうからで？」

　おちよも問うた。

「まあ、そげなことは……」

　客の口は堅かった。

　結局、庄内から来たのかどうか、江戸で何をするつもりなのか、何一つ分からなかった。

　ただし、朝餉の評判は上々だった。

「ままもうめえが、おづけもうんめえ」

　いちばん年若の男が笑みを浮かべた。

　おづけとは味噌汁のことらしい。

「おらだちだけ、こげなうんめえものを食うで、庄内のもんに相済まねえ」

　ぽろりと「庄内」という言葉が出た。

時吉とおちよの目と目が合った。

庄内から来た二人の客は、感慨深げに豆腐飯の朝餉を食べ終えると、いったん部屋に戻った。

そして、何も告げずにまたどこぞへ出かけていった。

二

客の動きに目を光らせているようにと、おちよと千吉とおよう、それに手伝いのおけいにも告げてから、時吉は浅草の長吉屋へ向かった。

三方領地替えについてくわしそうな客が来たらじっくり訊こうと考えていたのだが、ちょうど黒四組のかしらの安東満三郎と万年平之助同心がつれだってのれんをくぐってきてくれた。

将軍の荷物や履物などを運ぶ黒鍬の者には三つの組がある。しかし、人知れず四番目の組も設けられていた。

世に知られない影御用に従事する四番目の組は、約めて黒四組と称されている。

このところ、日の本じゅうを股にかけて暗躍する悪党どもが増えてきた。それに応じるためには、縄張りにこだわるいままでのやり方ではいけない。

そこで、日の本じゅうを縄張りとし、どこへでも出張って行って悪いやつを捕まえる神出鬼没の黒四組が設けられたのだった。万年同心だけは江戸を縄張りとしているが、かしらの安東満三郎は日の本じゅうを飛び回る役目だ。

このほかに、韋駄天侍こと井達天之助、日の本の用心棒こと室口源左衛門といった面々が加わっている。なにぶん数が少ないから、いざ捕り物となれば町方や火付盗賊改方に助っ人を頼むのが習いだ。

安東満三郎は古くからの常連で、のどか屋とは深い絆で結ばれている。おちよと千吉の勘ばたらきと、時吉の立ち回りが功を奏し、これまでいくたりもの悪党を捕縛に導いてきた。

その功に応えて、のどか屋は十手を託されるまでになった。町方ではなく、黒四組から託された「親子の十手」だ。十手の房飾りの色は役職や功績によって変わるが、のどか屋のそれは初代のどかから続く茶白の猫の毛並みにちなんだ色だった。

黒四組の二人に酒と肴を出しはじめたとき、隠居の大橋季川ものれんをくぐってきた。元締めの信兵衛と並ぶ、常連中の常連だ。これで役者がそろった。

「このたびの三方領地替えは、裏で糸を引いている人物がいる」

いくらか声を落として言うと、黒四組のかしらは油揚げの甘煮を口中に投じた。

あんみつ煮だ。

この御仁、よほど変わった舌の持ち主で、とにかく甘いものに目がない。甘ければ甘いほど良くて、甘いものさえあればいくらでも酒が呑める。油揚げを砂糖と醬油で煮た甘煮は大好物で、その名を約めた「あんみつ」の名がついていた。

「だれですか、それは」

季川が少し身を乗り出した。

おちよの俳諧の師匠でもある季川は、老いてなお矍鑠としている。髷はすっかり白くなったが、まだまだ血色はいい。

ただし、さすがに寄る年波もあって腰の具合が芳しくなく、以前のように毎日のどか屋へ通うことはなくなった。のどか屋へは按摩の療治を兼ねて泊まり、そのほかは隠居所に近い長吉屋のほうに顔を出している。

「ご老中の水野様だ」

安東満三郎が答えた。

水野越前守忠邦は時の老中として、世に言う天保の改革に乗り出したところだった。

「なかなかの知恵者らしいですからな、水野様は」

隠居がうなずく。

「華美な物には目くじらを立てるたちだから、こういう器も気をつけたほうがいいぜ」

万年同心が鮎の背越しが盛られた涼やかな器を指さした。

ぎやまんの器だ。蓼酢の碗がべつに添えられている。料理人の手わざが感じられる小粋な盛り方だ。

「前に師匠がお咎めを受けたことがあるので、充分に気をつけます」

時吉は神妙な面持ちで答えた。

華美な料理が戒められるのはいまに始まったことではない。華やかな姿盛りのたぐいにまで難癖をつけられた長吉が、紆余曲折を経て、長期間ではないものの江戸十里四方所払いのお咎めを受けたことがあった。

「で、ご老中の話だ」

黒四組のかしらは箸を置いて続けた。

「水野様はもともと唐津の藩主だったんだが、三方領地替えで浜松の藩主になり、その後だんだんに出世していった。唐津藩は長崎の警備という大役があって、このままでは出世は難しいと判断して、いろいろと根回しをしたらしい」

あんみつ隠密はそう言うと、いくぶん苦そうに猪口の酒を呑み干した。

「国を放り投げてまで出世を望んだわけだね」

季川が言う。

「そのとおりで、ご隠居」

安東満三郎がうなずいた。

「心ある家臣が腹を切って諫めたという話があるくらいで」

万年同心が言った。

「なるほど。で、このたびも同じ三方領地替えなんだね」

隠居はそう言うと、蛸と小芋の煮合わせを口中に投じた。

蛸のうま味も伝わるから、こたえられない組み合わせだ。嚙み味の違いも存分に楽しめる。

「水野様にとっては昔取った杵柄だろう。二つの領地替えならあからさまで角が立つところだが、三つの国替えなら一つを目くらましにすることができる。悪知恵が働くぜ」

あんみつ隠密はそう言うと、時吉が出した煮物に箸を伸ばした。

隠居と同じ煮物でも、あんみつ隠密のそれにはふんだんに味醂が回しかけられている。

「すると、このたびは庄内藩と川越藩が肝で、越後長岡藩はとばっちりを食ったようなものでしょうか」

次の肴をつくりながら、時吉が訊いた。

檜の一枚板の席の客に出す料理は、花板の時吉と、若い料理人が目の前の厨でつくっている。今日入っているのは千吉の兄弟子で、房州から来た信吉だ。

長吉屋には「富士」や「浜名」などとりどりの名がついた部屋がいくつもあり、大小の宴を催すことができる。そちらの客の料理はおおむね奥の厨でつくり、時吉たちも折にふれて手伝っていた。

「まあそうだな。もともと、川越の殿様が困って水野様に相談したところ、大奥も絡んだ三方領地替えの知恵を出してきたという経緯らしい」

黒四組のかしらはそう言うと、一つずつ順を追って説明しはじめた。

三

武蔵国川越藩の第四代藩主、松平斉典には実子がいた。

本来ならその子が藩主の座に就くはずだったが、そうはならなかった。もろもろの事情で借財がかさみ、困り果てていた川越藩主は、水野忠邦が提案した傍迷惑な案に乗ってきた。

まず艶福家で知られる家斉の実子を養子に迎え、いずれは藩主の座に就かせることとなった。その名を松平斉省という。

斉省の実母は大奥にいた。そのあたりを動かし、疲弊した川越から財政に余裕のある庄内へ転封するという策が表に出たのが、このたびの三方領地替えだった。

「庄内の人たちにとっては、まったく寝耳に水の話だねえ」

同情の面持ちで、隠居が言った。

「そうなんだ、ご隠居」

あんみつ隠密はまた猪口の酒を呑み干すと、三方領地替えのお触れが出てからこれまでの動きについてかいつまんで語りだした。

「庄内藩主の酒井忠器公は名君の誉れが高く、養蚕を奨励するなどさまざまな善政を敷いてきた。おかげで、飢饉の際も庄内の民が飢えて苦しむことはなかったほどだ」

「それで目をつけられたわけか」

隠居が少し眉根を寄せた。

「そんなところだな。庄内と領地が入れ替わったら、借金に苦しむ川越藩は万々歳だ。年貢の取り立てを厳しくすれば、そのうち借金も返せるかもしれない」

黒四組のかしらが言った。

「それで、殿様が越後長岡へ行かないように、庄内の民が立ち上がったわけですね」

次の肴をつくりながら、時吉がたずねた。

「国を越えて訴えを起こす越訴衆は、『百姓と雖も二君に仕えず』と記した旗指物を押し立てて庄内を出て、このたびの三方領地替えの理不尽さを訴えてきた。二人の君主に仕えまいとするのは武士だけではない、百姓もそうだっていう心意気だな」

安東満三郎が言った。

「それは人の心を動かしそうな訴えだねえ」

隠居がうなずく。

「越訴は初めからうまくいったわけじゃないみたいですな」

万年同心が訊いた。

「そうらしい。初めは連れ戻されたりしていたようだが、そのうちうまく人を頼って江戸へ出て、今年になってから駕籠訴を次々に成功させた。書状を読んだ幕閣や大名のなかには、『さすがにこれは理不尽だ』と思う者も出るようになった」

諸国の事情にくわしいあんみつ隠密が言った。

「そのあたりから風向きが変わってきたわけだね」

隠居がそう言ったとき、次の肴ができた。

枝豆(えだまめ)の海老(えび)かき揚げだ。

海老の身をすりつぶして衣(ころも)にしたところが時吉の知恵で、色合いも風味もいいかき揚げに仕上がっていた。

「うまいね」

隠居の白い眉が下がった。

「海老のまぜ加減が上品でいいぜ」

万年同心が満足げに言った。

何にでも味醂をかけて食す上役とは違って、なかなかに侮(あなど)れぬ舌の持ち主だ。

「ありがたく存じます」

時吉は頭を下げた。

「うん、甘え」

あんみつ隠密の口から、いつもの科白が飛び出した。

天つゆではなく味醂にどばっと浸して食べているのだから、それは甘いはずだ。

「で、風向きが変わったあとは？」

隠居が先をうながした。

「大御所様が今年亡くなったのも、風向きが変わる一因になった」

黒四組のかしらが説明を続けた。

大御所様とは将軍職を子の家慶に譲って隠居した家斉のことだ。その後も隠然たる権力を握っていた。

「川越藩は大御所様の実子を養子に迎えて、無理を通そうとしたんですからな」

万年同心はそう言うと、苦そうに酒を呑み干した。

「その実子の斉省も、つい先日の五月に亡くなった」

安東満三郎が明かした。

「へえ、そうなのかい」

隠居の顔に驚きの色が浮かんだ。

「一つずつ梯子段が外れてきたようなものですね」

時吉が言った。

「そうだな。庄内の衆は、あとひと押しだと勢いづいてるに違いねえ」

あんみつ隠密はとがったあごに手をやった。

いささか癖はあるが、役者の脇役ならつとまりそうなご面相だ。

「では、うちにもお泊まりいただいている庄内の人たちは、このたびは何をしに江戸へやってきたのでしょうか」

時吉は問うた。

「たしかに、謎といえば謎だな。駕籠訴のたぐいはひとわたり終わり、仙台藩や会津藩での愁訴も成果を上げていた。この期に及んで、江戸で何を画策しているのか」

黒四組のかしらは腕組みをした。

「大詰めの筋書きが分からない狂言みたいだねえ」

季川がどこか楽しむような表情で言う。

「まあ、そのあたりは目を光らせておいてくれ。おれもちょくちょく様子を見に行くから」

万年同心が言った。

「承知しました」

時吉は引き締まった顔つきで答えた。

四

翌日の二幕目――。

大和梨川藩の二人の勤番の武士がのどか屋ののれんをくぐってきた。

二刀流の剣の達人、稲岡一太郎（いなおかいちたろう）と、将棋の名手、兵頭三之助（ひょうどうさんのすけ）だ。

宿直の弁当の頼みかと思ったら、違った。兵頭三之助が声を落としておちよにこう告げた。

「明日、筒井堂之進（つついどうのしん）さまがこちらに」

大和梨川藩主、筒堂出羽守（つつどうでわのかみ）良友（よしとも）がお忍びで江戸の町に出るときに名乗る名だ。

筒堂出羽守はなかなかの快男児（かいだんじ）で、領民を思う心も充分に持ち合わせている。才覚もある名君だが、何にでも興味を示し、ともすると糸が切れた凧（たこ）のように飛んで行きかねないところが玉に瑕（きず）だった。

「まあ、と……」

おちよは言葉を呑みこんだ。

思わず「殿」と言いかけたのだ。

「久々に原川さまもこちらの料理を食べたいと」

稲岡一太郎が白い歯を見せた。

江戸詰家老の原川新五郎のことだ。時吉が磯貝徳右衛門と名乗っていた頃からの古いなじみで、かつては勤番の武士だったのだが、いまは出世して江戸詰家老にまで上りつめている。

「さようですか」

おちよはそう言って厨のほうを見た。

「気を入れてつくらせていただきますので」

千吉が如才なく言う。

「ひょっとして、川開きに合わせたお泊まりでしょうか」

おようが問うた。

「察しがええな、若おかみ」

将棋の名手が笑みを浮かべた。

「あさっての晩が川開きの花火なので、明日から二晩の連泊でお願いできればと」

稲岡一太郎が言った。

「承りました。長逗留のお客様はおられますが、なんとかご用意はできますので」

おちよが言った。

「ほかにも花火目当ての客がいるんやな」

兵頭三之助が上方訛りで言った。

「いえ、そういうわけでは……」

おちよがそう言ったとき、当の長逗留の客がややあわただしく帰ってきた。

「人が来だら、巴屋にいると伝えでくれ」

目に光のある男がおちよに言った。

「巴屋さんですね？」

と、おちよ。

「んだ」

男は短く答えると、もう一人の男をうながしてそそくさと出ていった。

「みちのくの訛りがあったな」

稲岡一太郎があごに手をやった。

「はい、庄内藩からいらしたようで」

時吉から話を聞いていたおちよが答えた。

「庄内藩だって？」

二人の勤番の武士が思わず顔を見合わせた。

「庄内藩が何か？」

おちよがいぶかしげな顔つきになった。

「い、いや、何でもないんや」

兵頭三之助が笑ってごまかした。

五

翌日——。

川開きの前日の中食の膳は、新生姜と鰻のまぜごはんだった。

新生姜を炊きこむとさわやかでことのほかうまい。鰻の蒲焼きもむろん美味だ。蒲焼きを切ってまぜると、二つのいいところ取りでこたえられない味わいになる。

これに、具だくさんの汁に風味豊かな枝豆豆腐、さらに切り干し大根の煮物がつく。

のどか屋の中食の膳は、今日も好評のうちにすべて売り切れた。

二幕目が始まって早々に、黒四組のかしらの安東満三郎と万年平之助同心が入ってきた。庄内衆の動向をうかがうために、万年同心はいくたびも顔を出していた。お忍びの大和梨川藩主と江戸詰家老が来るという知らせを昨日耳にして、さっそくあんみつ隠密とともに足を運んでくれたようだ。

千吉がいつものようにあんみつ煮をつくって出し、安東満三郎の口から「うん、甘え」が飛び出してほどなく、時吉が珍しく額から汗を流しながら急いで戻ってきた。

藩主と江戸詰家老に料理を供するため、浅草の長吉屋の段取りを整え、弟子に後を託して急いで帰路に就いたようだ。

「お疲れさま」

おちよが水を運んできた。

「おう」

時吉が湯呑みの水をうまそうに一気に呑み干した。

「料理はいろいろ思案して仕込んでますので」

千吉が厨から言った。

父とはいえ料理の師匠だから、ていねいな言葉遣いをしている。

「よし、一緒にやろう」

時吉は帯をぽんと一つ手でたたいた。

「庄内の衆は？」

酒ではなく茶を運んできたおように向かって、黒四組のかしらがたずねた。

「朝餉を召し上がったあとは、どこぞへ出かけてそれっきりで」

おようが少し声を落として答えた。

「中食の膳を食いに来ねえところを見ると、江戸のどこかで落ち合って相談事をしてるんでしょう」

万年同心が告げた。

「三方領地替えを沙汰止みにさせるための相談事だろうが、さてどういう手を打ってくるか」

黒四組のかしらは腕組みをした。

「荒っぽいことをやらなきゃいいですけどね」

と、万年同心。

「荒っぽいことって何？　平ちゃん」

厨から千吉が気安くたずねた。

時吉は料理の下ごしらえと進み具合をいちいちうなずきながらたしかめているところだ。

「いちばんまずいのは、ご老中の駕籠を刃物で襲ったりすることだな」

万年同心は顔をしかめた。

「せっかく庄内に追い風が吹いてきたのに、元も子もなくなるような悪手だな」

あんみつ隠密が首をひねった。

「では、好手は何でしょう」

おちよが問うた。

「江戸の民の情も庄内の衆に集まってきている。そのあたりをうまく追い風にできれば」

安東満三郎はそう答えて茶を少し啜った。

「そうなればようございますね……あっ、来たかしら」

おちよが表のほうを見た。

いままでじゃれていた小太郎としょうが入口のほうへいっさんに走っていったのだ。

猫の勘は正しかった。

ほどなく駕籠が近づき、江戸詰家老の原川新五郎が姿を現した。

六

「今日のおれは勤番の武家だからな」

お忍びの藩主がにやりと笑った。

足腰にいささか不安がある江戸詰家老は駕籠だが、まだ若い藩主は徒歩(かち)だ。ほかに、勤番の武士の稲岡一太郎と兵頭三之助も付き従っている。

「ようこそお越しくださいました」

いくらかややこが目立つようになってきたおようが頭を下げた。

「ああ。どや、具合は」

原川新五郎がたずねた。

「おかげさまで、大丈夫そうです」

若おかみが答えた。

「精(せい)のつくものを食べて、良い子を産め」

お忍びの藩主が白い歯を見せた。

「はい、ありがたく存じます」

およようも笑みを浮かべて頭を下げた。

大和梨川藩の面々は座敷に上がった。先に一枚板の席に陣取っていた黒四組の二人があいさつに行った。

「庄内の衆が来ていると聞いたが」

筒井堂之進と名乗る武家が先に口を開いた。

「どういう動きをするのか見張っておりました」

万年同心が答えた。

「駕籠訴はすでに行っている。江戸へ来て、いかなる手を打とうとしておるのか」

お忍びの藩主は腕組みをした。

そのあたりの話もあるため、黒四組の二人も座敷に移ることになった。藩主が来るまではと遠慮していたあんみつ隠密と万年同心も酒を頼んだ。

「いま天麩羅(てんぷら)をお持ちしますので」

時吉が言った。

千吉と二人がかりでやっているから手が早い。ほどなく大皿いっぱいの天麩羅が運ばれてきた。

海老に鱚(きす)に甘藷(かんしょ)。それに、長吉屋で好評を博した枝豆海老かき揚げ。どれから食すか箸が迷うほどの盛り方だ。

「そなたらも食え」

二人の勤番の武士に向かって、お忍びの藩主が言った。

「はっ」

「では、頂戴します」

遠慮しながらも、稲岡一太郎と兵頭三之助の箸が動いた。

しばらくは三方領地替えの話になった。大和梨川藩主も庄内藩にいたく同情していた。

「わが藩に同じさだめが降りかかったらと思うと、まことにもって心が痛む」

筒堂出羽守の顔が曇る。

「そうでございますな」

江戸詰家老もうなずく。

「数の内にも入っていない外様の小藩なれど、登城のおりにもし意見を求められたら、このたびの三方領地替えの理不尽さを訴えるつもりだ」

大和梨川藩主は引き締まった顔つきで言った。

そのとき、表で人の気配がした。

ほどなく、のどか屋に逗留している庄内の客が戻ってきた。

それればかりではない。頭数が増えていた。七人になっていた。

さらに、見知り越しの男もまじっていた。どうやら庄内衆とは顔なじみらしい。

「まあ、先生」

おちよが目をまるくした。

庄内衆にまじってのどか屋ののれんをくぐってきたのは、狂歌師(きょうかし)の目出鯛三(めでたいぞう)だった。

第三章　穴子八幡巻き

一

目出鯛三は多芸多才な男だ。

本業は狂歌師だが、引札(広告)やかわら版の文案づくりなど、幅広く仕事をこなしている。

灯屋という書肆と組んで、さまざまな書物も綴っている。その案の一つに料理物があり、のどか屋にも声がかかっていた。そのあたりでかねて見知り越しの仲だ。

かつて当たりを取り、いまも版を重ねている料理指南書に『料理早指南』がある。その定評ある書物に範を取り、素材や調理法や季節その他の分類に基づいて新たな早指南ものを出そうという話が持ち上がった。時吉の師匠の長吉が日の本じゅうの弟子のもとを廻る旅を終えて江戸に戻るまでは勝手に上梓することはできないが、長吉屋とのどか屋の名も出していずれ開板すべく、少しずつ支度を進めているところだった。

「早指南の紙」というものが刷りものになっている。

「名　季　材　つくりかた　かんどころ」

そう記された紙に、とりあえず料理の勘どころを記しておく。たくさんたまったところで項目ごとに並べ直し、目出鯛三がやおら筆を執れば、次々に早指南ものができあがるという目論見だった。

だが……。

料理の早指南ものの相談をしているときとは、目出鯛三の顔つきは違っていた。いままであまり見せなかった顔だ。

「お知り合いだったんですか?」

おちよがたずねた。

「奇妙な巡り合わせで、大きな仕事を頂戴しましてね」

目出鯛三が答えた。

「ひょっとして、庄内藩のもめごとに関わることかい?」

黒四組のあるじが問うた。

「おらほがもめごとを起こしたわげでねえで」

「んだ。降ってわいたような災難で」

庄内から来た客が答えた。

「それはよく承知している。大名家にも味方は多いぞ」

筒堂出羽守が言った。

「そのあたりは、座敷でじっくりと」

黒四組のかしらが手で示した。

いささか人が増えてきたので、二人の勤番の武士と黒四組の万年同心が一枚板の席に移った。

座敷に陣取ったのは、七人の庄内衆と目出鯛三。黒四組のかしらの安東満三郎。それに、お忍びの大和梨川藩主と江戸詰家老だった。

「お待たせいたしました」

「穴子（あなご）の八幡（やわた）巻きでございます」

のどか屋の若夫婦が皿を運んできた。

もとは京の八幡の特産だった牛蒡（ごぼう）を穴子で巻き、たれをかけながら焼いて切った自慢の肴だ。

見てよし、食べてよしの肴を味わいながら、庄内衆と目出鯛三の話を聞いた。

それによって、江戸に出てきた庄内衆がどういう動きをしていたのか、これから何をしようとしているのか、すべてが判明した。

二

「なるほど、考えたな」

ひとわたり話を聞いたあんみつ隠密がにやりと笑った。

「これで追い風になればと」

目出鯛三が扇子(せんす)であおいだ。

「で、物はいつ？」

万年同心が一枚板の席からたずねた。

「明日の朝には準備万端(ばんたん)整うので、ちょうどいいかと」

狂歌師が答えた。

「あとはそなたらの気張り次第だな」

お忍びの藩主が言った。

「んだす。ここで力を見せねば、江戸へ出てきた甲斐(かい)がねえ」

のどか屋に長逗留している男の声に力がこもった。

四十がらみの歳で、日焼けした顔も二の腕もたくましい。畑仕事に日々精を出していることがひと目で分かる風貌(ふうぼう)だ。

「んだ。気張ってやらねば」

もう一人のいくらか年下の客がうなずいた。

あとで名が分かった。年かさのほうは仁助(にすけ)、もう一人は義三郎(ぎさぶろう)という。ほかの旅籠に逗留している五人も含め、強い志を持って庄内から江戸へ出てきた義民(ぎみん)たちだ。

「のどか屋のうまい料理を食うて精をつけてから気張ったらええ」

江戸詰家老の原川新五郎はそう言うと、穴子の八幡巻きに箸を伸ばした。

「これは実に美味だな。焼き穴子と下味のついた牛蒡が絶妙に合う」

筒井堂之進と名乗る武家が満足げに言った。

その後も打ち合わせが続いた。

せっかく段取りを整えたのだから、多くの江戸の民の心に訴えられるようにしなければならない。

「場所は両国橋の西詰がよろしいかと」

おちよが控えめに口を出した。

「それがいちばんだな。人の通りが違うゆえ」

筒井堂之進が言った。

「手分けしてやるのか」

江戸詰家老が問うた。

「ほかに、浅草の奥山でもやろうかと」

目出鯛三が答えた。

次の肴が来た。

烏賊と茄子の炒め煮だ。

烏賊の足は包丁でたたいておくと味がしみてうまい。茄子は胡麻油で風味豊かに炒める。この二つを合わせれば、舌が喜ぶ酒の肴になる。

「こちらもどうぞ」

「どんどんお出ししますので」

のどか屋の若夫婦がすぐさま次の盆を運んできた。

揚げ出し豆腐の梅肉がけだ。ただの揚げ出し豆腐もむろん美味だが、梅肉をたたいてだしでのばしたたれをかけると、さらに風味が増す。

「うんめえ」

「こげなうんめえもん、おら、食ったこどねえ」

庄内衆の評判は上々だった。

料理とともに酒が進むにつれ、口の重い庄内衆の舌も少しずつ回りはじめた。

なぜ目出鯛三が庄内衆のために力を貸すことになったのか、これまでのいきさつが分かった。

庄内出身で、江戸の公事師として知られていた佐藤藤佐という男が、庄内の越訴衆の後ろ盾となっていた。次なる手の相談を受けた顔の広いもと公事師は、以前から顔なじみだった目出鯛三に白羽の矢を立てた。ざっとそんな流れだった。

「邪魔が入らねえように、黒四組が見張り役をやらせてもらおう」

安東満三郎が手を挙げた。

「ならば、わがほうも助太刀をせねばな」

お忍びの藩主が勤番の武士たちを見た。

「承知しました」

「お任せください」

稲岡一太郎と兵頭三之助が気の入った顔つきで答えた。

「ならば、こちらには午(ひる)までに物(もの)を届けますので」

目出鯛三が言った。

「中食の膳を召し上がったあと、旅籠の呼び込みと一緒に両国橋の西詰へ」

おちよが手つきをまじえた。

「おらたち、中食はまだ食うだことがねえ」

「うんめえ朝餉は食うてるども」

仁助と義三郎が言った。

「では、ぜひお召し上がりくださいまし」

おちよのほおにえくぼが浮かんだ。

さらに肴が出た。

鱚天と骨せんべいだ。

糸づくりのために大名おろしにした鱚の中骨を干し、あぶって塩を振ると香ばしくて酒の肴にもってこいだ。

「ねごがいっぺえだな」

「おらも飼(こ)うてる」

「めんこいねごだ」

骨せんべいにつられてひょこひょこ座敷に上がってきた二代目のどかとその子のふくを見て、庄内衆は表情をやわらげた。

「かしらはどのねごで？」

仁助がたずねた。

「あの子がいちばん年上で、うちの守り神なんです」

おちよは座敷の隅に置かれた座布団の上で寝そべっているゆきを指さした。

「なら、拝んどぐべ」

仁助が両手を合わせた。

「おらほの国替えが沙汰止みになるように」

義三郎がそう言って柏手（かしわで）を打つ。

歳を重ねた白猫は、青い目をきょとんと見開いてその様子を見ていた。

三

段取りどおりに事は運んだ。

目出鯛三は朝のうちに「物」を庄内の客に届けた。仁助も義三郎も感動の面持ちで、いくたびもあらためていた。

玉川（たまがわ）からいい鮎（あゆ）が入ったので、中食の顔は鮎の天麩羅にした。これに黒胡麻の風味を効かせた甘藷飯と、小芋（こいも）と油揚げと葱の味噌汁と小鉢がつく。

二代目の千吉は、ことに腕によりをかけて天麩羅を揚げた。鮎の風味を損（そこ）ねないように、衣を薄めにするのが勘どころだ。そのあたりの加減が絶妙だった。

「今日の中食はことにうめえな」

「甘藷も色が良くてうめえ」

客の評判は上々だった。

常連で埋めつくされたのどか屋の片隅で、庄内から来た仁助と義三郎が箸を動かしていた。

「うんめえ」

「鮎の天麩羅、初めて食うた」

「おづけもうんめえ」

庄内の二人は満足げな顔つきだった。

「あんたら、みちのくのほうかい」

なじみの左官衆の一人が気安く声をかけた。

「ん、まあ」

仁助はあいまいな返事をした。

「江戸へ物見遊山に来たのかい」

もう一人の左官が問うた。

「いんや」

義三郎はむっとした顔で首を横に振った。

「まあ、そんなとごで」

仁助があわてて場を繕(つくろ)った。

「中休みのあとに両国橋の西詰へ呼び込みに行きますので、それまでお部屋で」

中食を食べ終えた庄内の二人に向かって、おちよが口早に言った。

「承知で」

「いろいろとすまんことで」

仁助と義三郎の声がそろった。

今日の中食には、いつもは見慣れぬ男の顔もあった。

色合いのいい甘藷飯、からりと揚がった鮎の天麩羅、それに具だくさんの汁。ときおりうなずきながら平らげていく。

四十食かぎりの中食の膳は、滞りなく出尽くした。

「お待たせいたしました」

最後の一膳は、料理人の千吉が自ら運んでいった。

中食には珍しい客のもとへ帰りに近づき、小声で問う。

「どうだった？　平ちゃん」

「うまかったぜ。鮎の天麩羅をこれくらい揚げられれば上々だ」

万年同心が渋く笑って答えた。

四

「いつ以来かしら、呼び込みは」

おちよがそう言って帯をぽんとたたいた。

川開きの日の呼び込みは、ことに競う相手が多い。どの旅籠も気を入れてくるから、合戦場のようなにぎやかさだ。

身重のおようは、このところは千吉とともにのどか屋に残っている。いつもはおちよも留守番だが、今日は庄内衆の大事なつとめの見守りを兼ねて両国橋の西詰へ赴くことになった。

「久しぶりですね」

おけいが笑みを浮かべた。

ほかに、中食のお運び役をつとめていた双子の姉妹の江美と戸美も呼び込みに行く。もっとも、長逗留の庄内衆に加えて、すでに泊まりの約が入っているし、今日は隠居の季川が泊まる日にも当たっている。あと一部屋の客が見つかれば早々に戻れそうだった。

「では、ゆるゆると参るか」

そう言って腰を上げたのは万年平之助同心だった。

「頼むよ、平ちゃん」

厨で仕込みをしていた千吉が声をかけた。

「おう」

万年同心が右手を挙げた。

「よしっ」

仁助がおのれに気合を入れた。

「気張ってやろう」

　義三郎が和す。

「雨が降らなくてようございましたね」

　おちよが笑みを浮かべた。

「それをいぢばん案じてたんですが」

「天に通じたようで」

　庄内の客たちが笑みを返した。

　その手には、目出鯛三が朝のうちに届けた「物」があった。

　それは、刷り物の束だった。

五

「お泊まりは小料理屋でもあるのどか屋へ」

　おちよが久々に呼び込みの声を発した。

「朝は名物豆腐飯。おいしいですよ」

　おけいが唄うように言う。

「お泊まりは、内湯のついた大松屋へ。花火のあとは、ゆったりお風呂」

大松屋の二代目の升造がしたたるような笑みを浮かべた。

「建て替えて間もない巴屋は……」

「広いお部屋で落ち着きますよー」

江美と戸美が掛け合う。

掛け持ちで動いている双子の姉妹は、ここからは巴屋のつとめだ。

ほかの旅籠も負けてはいなかった。

「どこより安い須里屋へ」

新参の旅籠が呼び込みの声を響かせた。

同じ半被を着た男が通りに目を光らせている。あまり客商売には向いていなさそうな風貌と目つきだ。

そんな調子で旅籠の呼び込みが繰り広げられるなか、庄内衆の刷り物配りが始まった。

のどか屋に逗留している二人ばかりではない。ほかの旅籠の面々も合流し、行き交う者たちに刷り物を渡していく。

「庄内安堵！」

仁助がまなじりを決して刷り物を渡そうとする。

相手はぎょっとして身をかわした。

国替えを沙汰止みにして庄内藩の領地を安堵すべしという意味だが、いきなりそんな声をかけられてもたじろぐばかりだ。

「それじゃいけねえ」

見守っていた万年同心がすかさず言った。

「貸してみな」

黒四組の同心が手を伸ばした。

「へい」

仁助が素直に渡した。

そこには、こう記されていた。

非道なる三方領地替へを沙汰止みに

庄内は恵みの地なり。

天保の大飢饉（だいききん）の際も、庄内の民は飢えることなし。名君酒井忠器公の庇護（ひご）のもと、悦(よろこ)ばしき暮らしを続けてゐをり。

しかるに、青天(せいてん)の霹靂(へきれき)のごとくに、国替への話が降りかかつて来たり。

庄内を越後長岡へ、越後長岡を川越へ、川越を庄内へ。

三方領地替へなれど、明らかに最も得をするのは川越なり。

かねて借財に苦しむ川越藩は、さる幕閣を動かし、このたびの国替えを画策せり。

飢饉にも耐へた庄内に領地が替はり、年貢の取り立てを厳しくすれば、借財は見る見るうちに減ることにならん。

たまらぬのは庄内の民なり。何の落ち度もなき名君が、父祖伝来の土地と墓を残し、縁もゆかりもなき越後長岡に転封されてしまへば、これまでの暮らしは水の泡とならん。

どうあつても殿様をお留めせねば。

国を思ふ庄内の民は立ち上がれり。お咎(とが)めを受け、たとへ命が奪はれても、国替へを沙汰止みにさせねばと、何千もの越訴衆が旗指物を押し立てて他国へと進めり。

追つ手から逃れ、幕閣や大名の駕籠に近づき、「畏れながら」と書状を渡す駕籠訴はいくたびも成就(じょうじゅ)せり。

至誠(しせい)は天に通ず。勇猛果敢(ゆうもうかかん)なる庄内のたましひの訴へは、心ある大名の心を動かせり。

このたびの領地替へは、返す返すも理不尽なり。何の落ち度もなく、善政を敷き、領民から慕われてをりし名君が、何故に国を去らねばならぬ。父祖代々の墓を残し、縁もゆかりもなき越後へ行かねばならぬ。元をただせば、川越藩の私利私欲に基づく企てなり。それに力を貸し、いろいろと知恵を授けたさる幕閣の悪だくみなり。

かやうな無理が通れば、あらゆる道理が通らぬなり。諸大名は安んじて政(まつりごと)を行へず。いかに善政を敷かうとも、藪から棒の国替へに遭つてしまへば何にもならぬものなり。

非道なる三方領地替へを沙汰止みに。

その声は、仙台(せんだい)や水戸(みと)などの大藩からも響いてきたり。

ここまで来れば、あとひと押し。

江戸の民の声も加はれば、必ずや大願(たいがん)は成就(じょうじゅ)せん。

非道なる三方領地替へを沙汰止みに。

この刷り物をよくよく読みて、声をあげ、庄内衆に風を送られんことを。

目出鯛三による筆には、なかなかに熱がこもっていた。

刷り物の余白には、大名駕籠にむりやり乗せられて越後へ向かう藩主を庄内の民が必死に止めようとしている図が巧みに描かれていた。

その刷り物を、万年同心は道行く者にさっと渡した。

「よしなに」

無理に押しつけないしぐさが功を奏した。

刷り物が拒まれることはなかった。

庄内衆がうなずいた。

「三方領地替えを沙汰止みに」

「よしなに」

むろん拒まれることもあったが、そのうちしだいにこつが呑みこめてきた。

「どんぞよしなに」

「読んでくだされ」

庄内衆の顔には笑みまで浮かぶようになった。

そのうち、刷り物はだんだんに減っていった。

六

泊まり客はさほど間を置かずに見つかった。

さすがに川開きの日だ。花火を目当てに江戸へ出てくる者は多い。

「なら、お願いね。わたしはもう少し見守ってるから」

おちよはおけいと双子の姉妹に言った。

「承知しました。……では、ご案内します」

おけいが客に言った。

「こちらです」

「いくらか歩きますが」

巴屋番の江美と戸美が身ぶりをまじえた。

のどか屋と巴屋の客はそれぞれに案内されていった。大松屋も首尾よく客が見つかったらしく、升造は満面の笑みだ。

「おう」

ほどなく、あんみつ隠密が姿を現した。

「ご苦労さまでございます」

おちよが頭を下げた。

「やってるな」

黒四組のかしらは、刷り物を配っている庄内衆のほうを指さした。

「はい、受け取る人も増えて来ました」

おちよは笑みを浮かべた。

あんみつ隠密はまず万年同心に近づいた。

ほかの旅籠の呼び込みをちらりと指さしてから、万年同心は何事か告げた。

「どんぞよしなに」

「庄内の国替えを沙汰止みに」

刷り物が配られていく。

そこへ、急ぎ足で近づいてきた者たちがいた。

お忍びの大和梨川藩主、筒堂出羽守と二人の勤番の武士だ。

今日は朝から早々と芝居見物に出かけていった。おかげで満足げな顔つきだ。

「首尾はどうだ。手伝うぞ」

お忍びの藩主が手を伸ばした。

「殿、それは」

稲岡一太郎があわてて止めた。

「お咎めを受けたら大変ですから」

兵頭三之助も血相を変えて言う。

「そうか。それもそやな」

お忍びの藩主は危うく思いとどまった。

情に厚い快男児だが、見る前に跳んでしまうところがあるからいささか危なっかしい。

勤番の武士たちばかりでなく、おちよも黒四組の二人もほっとした顔つきになった。

刷り物はすでに大和梨川藩主の手に渡っている。このたびの三方領地替えの理不尽さにかねて憤(いきどお)っていた筒堂出羽守はいくたびもうなずきながら読んでいた。

「この分なら、なくなりそうだな」

あんみつ隠密がおちよに言った。

「ええ、気張っておられるので」

おちよのほおにえくぼが浮かんだ。

しかし……。

刷り物がなくなる前に、思わぬ成り行きになった。

町方の廻り同心が姿を現し、にわかに文句を言いだしたのだ。

七

「まかりならぬ」

強面の廻り同心が声を荒らげた。

「こ、これは……」

仁助が声をあげた。

「まんず、えれえことに」

義三郎の顔に動揺の色が浮かんだ。

「江戸市中にて、ご政道に非を鳴らすとは言語道断。奉行所へ来てもらおう」

廻り同心は高飛車に言った。

「待たれよ」

安東満三郎が前へ進み出た。

万年同心も続く。

「われこそは、畏れ多くも上様のお荷物を預かる黒鍬の者のうち、上様の命を受け、諸国の悪党取締の影御用に従事する黒四組のかしら、安東満三郎なり」

あんみつ隠密はよく通る声で告げた。

「う、上様の……」

廻り同心の顔色が変わった。

「このたびの三方領地替えについては、幕閣や大名家からも大いに異論が出ている。町方風情の出る幕ではないぞ」

黒四組のかしらはにらみを利かせた。

いくらか離れたところで、おちよがそっと両手を合わせている。

「そ、それなら……」

廻り同心は矛を収めかけた。

だが……。

そのとき、だしぬけにべつの声が響いた。

「われこそは、大和梨川藩主、筒堂出羽守良友なり」

その名乗りを聞いて、二人の勤番の武士が何とも言えない顔つきになった。せっかくお忍びの武家のいでたちなのに、おのれから名乗ってしまったら元も子もない。

「その刷り物に記されていること、一字一句その通りなり。庄内の民の嘆き、一命を賭して藩主を引き止めんとする志と思い、一介の町同心の容喙するところではない。引き下がるべし」

大和梨川藩主は有無を言わせぬ口調で言った。

声が大きくてよく通るから、何事ならんと人が集まってきた。

「はっ、では」

廻り同心はもう文句を言わなかった。

いくらか片づかないような表情ではあったが、きびすを返して去っていった。

「ありがてえ」

「恩に着ますで」

仁助と義三郎が両手を合わせた。

「これで邪魔は入らぬ。残りの刷り物を配れ」

筒堂出羽守が白い歯を見せた。

「いまのやり取りの子細を知りたければ、刷り物を読め」

万年同心がすかさず言った。

「おう、知りてえや」

「一枚くんな」

次々に手が伸びる。

ほどなく、刷り物はすべてなくなった。

そのさまを見て、おちよはほっと胸をなで下ろした。

第四章　胡瓜(きゅうり)づくし

一

例年のごとく、川開きの晩の両国橋は大変な人出になった。

江戸の夏の訪れを告げる川開きだ。これを目当てに大勢の人が押しかけてくる。

屋根船も出ていたが、その数は思いのほか少なく、あまり派手やかなものも見当たらなかった。

それもそのはず、老中水野忠邦による天保の改革が始まったばかりだ。奢侈(しゃし)を忌(い)み嫌う締めつけは、これからもよろずのことに及びそうだった。

「おお、また揚がった」

「たーまやー」

空が暗くなり、花火が揚がるにつれて、歓声がわく。

仁助と義三郎をはじめとする庄内衆も感慨深げに花火を見物していた。

「うづくしぃな」

仁助がそう言って瞬きをした。

「おらほには、こげなもんはねえさげ」

義三郎が言う。

「国替えが沙汰止みになっだら、庄内もこげな騒ぎに」

仁助が両国橋に詰めかけた人々を手で示した。

「んだ。そうなればなあ」

義三郎はそう言ってため息をついた。

「明日からも刷り物を配るし、あどひと息だ」

と、仁助。

「後ろ盾の佐藤さまから長逗留の宿賃も出してもらってるから、もうひと気張り」

義三郎が和す。

「んだ、もうひと気張りだ」

半ばはおのれに言い聞かせるように仁助が言った。

二

「やっぱり江戸の花火はいちばんやな」

お忍びの藩主が笑みを浮かべた。

花火が終わり、筒堂出羽守も二人の勤番の武士とともに帰路に就くところだ。

「眼福(がんぷく)でございました」

稲岡一太郎が白い歯を見せた。

「お付きの役得(やくとく)で」

兵頭三之助も満足げだ。

「おっ、あれは」

大和梨川藩主が行く手を指さした。

近づいてきた着流しの武家は、黒四組のかしらの安東満三郎だった。

あんみつ隠密もお忍びの藩主に気づいた。

「お帰りですか」

安東満三郎が言った。

「さよう。今年も眼福であった」

機嫌のいい声が返ってきた。

そのとき、呼子が鳴った。

あんみつ隠密の表情がさっと変わる。

「うちかもしれねえ」

黒四組のかしらの顔つきがにわかに引き締まった。

「何だ」

お忍びの藩主が短く問うた。

「今年はことに掏摸が多いので、網を張っているところで」

あんみつ隠密が答えた。

「そうか。早く行ってやれ」

大和梨川藩主が身ぶりをまじえた。

「承知で」

安東満三郎はただちにきびすを返した。

案の定、川開きの人混みに乗じて掏摸が出た。

「待てっ」

やにわに声を発したのは、黒四組の韋駄天侍、井達天之助だった。

駆けくらべならだれにも負けない脚の持ち主だ。

逃げようとした男を持ち前の健脚で追い、いとも易々と追いついた。

背中をつかんで引き倒したところへ、あんみつ隠密がやってきた。町方の捕り方もいる。

「御用だ」

「御用」

掏摸はたちどころに御用になった。

「おめえらを操ってるやつの根城はもう分かってるからな。明日にでも一網打尽にしてやる」

黒四組のかしらの声に力がこもった。

三

翌日――。

のどか屋の中食の膳は素麵だった。とりどりの薬味を添えた素麵は、それだけで腹が満たされるほどの量だ。

生姜醬油が利いた焼き茄子と鱚の風干しがつく。川開きが終わり、逗留客が減っていささか寂しくはなったが、のどか屋の中食は今日も好評のうちに売り切れた。

短い中休みを経て、おけいと双子の娘が呼び込みに出た。

「なら、よろしくね」

おちよが笑顔で送り出した。

「今日はお客さんが見つかるまで、ちょっと時がかかるかも」

と、おけい。

「気長に待ってるわ」

おちよがそう答えると、足もとにいた二代目のどかが何か勘違いしたのか「みゃあ」とないた。

両国橋の西詰にはいつものように旅籠の呼び込みが出ていた。

「お泊まりは、内湯のついた大松屋へ」

升造は今日も大張り切りだ。

「須里屋はどこよりも安いよ」

新参の旅籠の番頭が声を張り上げる。

そこへ、一人の武家が近づいていった。

恰幅(かっぷく)がよく、顔には無精髭を生やしている。

「長逗留はできるか」

武家はたずねた。

「はいはい、できますとも。ご案内いたします」

須里屋の番頭はしたたるような笑みを浮かべた。

「ならば、頼む」

髭面の武家が言った。

その姿をちらりと見て、おけいが首をかしげた。

その武家は、黒四組の室口源左衛門だった。

四

「あまり銭は持っていそうもねえ浪人者だな」

旅籠の奥で、あるじがそう言って煙管(キセル)を吹かした。

「まあ長逗留なら、それなりの上がりにはなりますんで」

番頭が言う。

いつも両国橋の西詰で呼び込みをしている男だ。

「川開きのゆうべも存外に実入りが渋かったからな」

あるじが顔をしかめた。

「一人捕まっちまいましたしね」

番頭も渋い顔だ。

「肝心なときに、馬鹿たれが」

いらだたしげに雁首(がんくび)を灰皿にかんと打ちつける。

「まあ、ほかにいくたりもいますから」

番頭がなだめるように言った。

「もっと上等な旅籠なら、物持ちが泊まったりするんだろうが」

あるじが軽く首をかしげた。

「安さが売り物の旅籠には、さっきの浪人みたいな客しか泊まってくれねえんで」

番頭は苦笑いを浮かべた。

「まあそのあたりは、地道に稼いで、そのうち建て替えてやろう。物持ちが泊まるようになったらこっちのもんだ」

あるじがおのれを指さす。

「地道な稼ぎがいちばんですな」

番頭は妙な指の動きをした。

長くて細いが、節くれだった指だ。

「いまのところは、おめえが両国橋の西詰で目をつけたやつのあとを追って仕事するだけでも実入りになってるがな」

須里屋のあるじがほくそ笑んだ。

「目はたしかなんで」

番頭がおのれの目を指さした。

「この按配なら、そのうち物持ちが泊まるような宿にできるだろう」

「獲物が向こうから飛びこんできますな」

「濡れ手で粟の大もうけだ、がははは」

あるじが下卑た笑い声を響かせた。

そのとき、だしぬけに廊下で声が響いた。

「そううまくいくかな」

障子が開いた。

十手を構えた男たちが立っていた。

五

「げっ」

番頭の顔色が変わった。

「何だ、てめえらは」

あるじが血相を変えて立ち上がった。

「われらは黒四組。諸国の悪党を追って捕縛する影御用なり」

安東満三郎がそう言って十手を構えた。

その両脇を、万年平之助と室口源左衛門が固めている。さらに、背後に井達天之助が控えていた。

「影御用だと？」

あるじは憎々しげな顔つきになった。

「須里屋（すざとや）とは世を忍ぶ仮の名だ。内実は須里屋（すりや）、掏摸の巣窟（そうくつ）だ」

黒四組のかしらはそう喝破した。

「番頭のその指を見て勘が働いたぜ」

十手を構えた万年同心が指さした。

いつもの捕り物なら、ここいらで悪党どもが刃物を振り回したりするところだが、指は動くが腕っ節はからっきしの掏摸なら大丈夫だ。おかげで、いつもは火の粉の降りかからないうしろのほうにいる安東満三郎も安んじて前へ出てきている。

「逃げろっ」

案の定、かしらはやにわに逃げ出した。

部屋は二階だ。飛び下りて逃げようという算段だ。

しかし……。

そこにも捕り方が待ち受けていた。

「御用だ」

「御用」

黒四組からの要請を受けて馳せ参じた町方が刺股をかざす。

ほどなく、部屋にも捕り方がなだれこんできた。

須里屋のあるじと番頭、さらに配下の掏摸たちはなすすべもなくお縄になった。

「これにて、一件落着(らくちゃく)！」

最後に、あんみつ隠密のよく通る声が響いた。

六

「相変わらずのお手柄(てがら)でございましたな」

一枚板の席から元締めの信兵衛が言った。

座敷には黒四組の面々が陣取っている。捕り物の翌日の打ち上げだ。

「なに、元締めの旅籠の呼び込みがあったればこそ、たまたま勘が働いてからくりが読めただけで」

まんざらでもなさそうな表情で、万年同心が答えた。

「何度も同じところで呼び込みをしていたのに、ちっともおかしいとは思いませんでした」

酒を運んできたおけいが言った。

「さすがは平ちゃん」

厨で肴をつくりながら、千吉が言った。

「なに、たいした手柄じゃねえや」

万年同心は渋く笑った。

「わしは腕の振るいどころがなかったから、いささか張り合いがなかった」

日の本の用心棒こと室口源左衛門が言った。

「まあ、またいずれ働いてもらうから」

あんみつ隠密がそう言って酒をついだ。

韋駄天侍は猫たちに猫じゃらしを振ってやっていた。しょうも小太郎もふくも大喜びだ。

ほどなく、鮎の風干しが焼き上がった。

背開きにした鮎を、塩を加えた玉酒にさっと漬け、一刻（約二時間）ほど風通しのいい日向に干す。のどか屋の外にも猫がいるから、狙われないように高いところに干すのが慣わしだ。

江戸の風と光を受けた玉川の鮎を皮目から焼き、返して焼きあげれば出来上がりだ。

「うん、甘え」

味醂にどっぷりとつけたあんみつ隠密が満足げに言う。

この御仁、味醂干しでも味醂につけて食すのだから念が入っている。

「ともかく、悪い旅籠がなくなってようございました」

若おかみのおようが言った。

「ほかの旅籠の評判にも関わりますからね」

韋駄天侍が言う。

「あとは、ここに長逗留している庄内衆の大願が成就すれば万々歳なんだが」

黒四組のかしらが言った。

「今日もどこぞへ出かけていきましたが」

おちよが告げた。

「川開きの日の刷り物配りはおれらも目を光らせていたが、そのうちどこかで悶着(もんちゃく)でも起こすんじゃないかといささか案じている」

安東満三郎が懸念(けねん)を示した。

「そういった危険は承知のうえで動いてますからな、庄内の人々は」

万年同心がうなずく。

「わしみたいな浪人には分からぬほどの思いがあるんだろう」

室口源左衛門の声に情がこもった。

「何も加勢はできないので、朝の豆腐飯をことのほか気を入れておつくりしています」

千吉が言った。

「それが何よりの加勢だ」

あんみつ隠密がいい笑みを浮かべた。

七

庄内衆はその後も長逗留を続けた。

中食は食べたり食べなかったりだが、朝の豆腐飯の膳は欠かさず食べた。おかげで顔なじみも増えた。

決まった日に大松屋の内湯に浸かってから良庵（りょうあん）の療治を受け、酒肴を楽しんだあとのどか屋の一階の部屋に泊まる隠居の季川もその一人だった。

「今日も刷り物配りかい？」

隠居がたずねた。

「んだす」

仁助は短く答えると、豆腐飯の匙を動かした。

「文句を言われないように気をつけてやっておくれ」

隠居が言う。

「そこは矢部さまが……」

義三郎がそこまで言って口をつぐんだ。

「余計なことを言うでねえ」

仁助がクギを刺す。

義三郎は黙ってうなずいた。

「矢部さまというと、四月に南町奉行になったばかりの矢部定謙さまのことかい？」

隠居はさらにたずねた。

「いんや」

義三郎は首を横に振った。

その様子を、おちよはじっと見ていた。

厨が一段落した千吉も見る。

母と子は思わず目と目を合わせた。

義三郎が嘘をついたことを、勘ばたらきに秀でた親子はすぐさま察した。

「お奉行はよくできた人らしいぜ」

その名を小耳にはさんだ大工衆の一人が言った。

今日も豆腐飯で腹ごしらえをしてから普請場のつとめだ。

「それにひきかえ、ご老中の水野さまはうるさいばっかりでよ」

「しっ、そんなこと言ったらとっ捕まるぜ」

そう言われて、大工衆の一人はあわてて口をつぐんだ。

八

翌日——。

隠居の季川の姿は長吉屋の一枚板の席にあった。

ほかに、書肆の灯屋のあるじの幸右衛門と、料理の早指南ものの執筆に当たる狂歌師の目出鯛三も陣取っている。

「胡瓜はむかしはあまり口にしなかったものだがねえ」

刷り物に時吉が料理の勘どころを記したものに目を通して、隠居が言った。

「胡瓜は身を冷やすとか、切り口が葵の御紋に似ていて畏れ多いとか、いろいろなことが言われていました」

厨で手を動かしながら、時吉が言った。

「食してみるとうまいからね。この松前漬けも絶品だよ」

隠居の白い眉がやんわりと下がった。

「昆布の風味がよく効いています」

灯屋の幸右衛門がそう言って、胡瓜の松前漬けをぱりっと嚙んだ。

蝦夷地の松前藩から北前船に乗ってはるばる運ばれてくる昆布を使った料理だから「松前」の名がついている。

水洗いをした胡瓜に塩を振って板ずりをし、両端を切り落としてからなるたけ細かく斜めに切り込みを入れる。

器に合わせて切った昆布を敷き、下ごしらえをした胡瓜を一列に並べて置いて塩を振る。胡瓜を丸太のように積み終えたら、昆布で筵のように覆って重石をかける。二刻（約四時間）ほど置けば、風味豊かな松前漬けの出来上がりだ。

「こちらの和え物も、夏にはもってこいです」

目出鯛三が笑みを浮かべた。

胡瓜と蛸の酢の物だ。若布なども合うが、胡瓜と酢の物で合わせるのなら、やはり蛸がいちばんだ。ほかに、貝柱や赤貝、烏賊やしらす干しなども合う。

「ところで、例の領地替えの見通しはいかがでしょうか。うちに長逗留されている庄内のお客さまはまだいろいろと動いているようですが」

次の肴をつくる手をいったん止め、時吉がたずねた。

「ずいぶんと進んでいるようです」

狂歌師はいくらか声を落として答えた。

「お奉行が替わってからことに進んだと聞きましたが」

書肆のあるじが言った。

「そのとおりです」

目出鯛三は猪口を置いてから続けた。

「南町奉行の矢部定謙さまが庄内出身で越訴衆の後ろ盾になっていた佐藤藤佐さまを取り調べ、詳細な調書をつくりあげて幕閣に上申しました。それによって、ご老中や大奥にまで暗躍していた川越藩のおのれ勝手な画策が広く知れわたることになったんです」

その声にはわずかな怒気がこもっていた。

「ほかの殿様たちも庄内藩に同情しているようだね」

隠居が言う。

「うちに見えるお忍びの方もそうです。……はい、お待ちで」

時吉は次の肴を出した。

胡瓜の粉節和えだ。

削り節を弱火でていねいに炒った粉節で賽の目切りの胡瓜を和え、醤油を添えてすすめる。

「松前漬けもそうですが、あたたかいご飯が恋しくなりますね」

幸右衛門が言った。

「お出しいたしましょうか」

時吉がすかさず水を向けた。

「なら、お願いします」

「わたしも」

「では、付き合うかね」

次々に手が挙がった。

「承知しました」

時吉は笑みを浮かべて、ご飯をてきぱきとよそっていった。

「そう言えば、庄内は米どころだね」

さっそく松前漬けをのせて食した隠居が言った。

「国替えが首尾(しゅび)よく沙汰止みになってくれればいいんですが」

目出鯛三が少し首をかしげて粉節和えを飯にのせた。

「だいぶ追い風が吹いてきているようだから、もうひと息じゃないのかねえ」

季川はそう言うと、ふと浮かんだ発句(ほっく)を口にした。

国思ふ人の心や米の味

「庄内の皆さんが安んじて国へ帰り、またおいしい米を食べられるようになるといいですね」

後ろ盾になっている狂歌師がしみじみと言った。

第五章　最後の豆腐飯

一

月に幾日もないが、長吉屋には休みがある。

数少ない休みの日も、だらだら過ごすのではなく、ほかの見世のうまいものを食って舌だめしをして学ぶべし。

いまは諸国に散らばった弟子のもとをたずねているあるじの長吉はそう教えていた。

長吉屋が休みの日、のどか屋の中食はことのほか豪勢になる。いつもは千吉だけだが、時吉も加わるから手の込んだものも出せるからだ。

その日は穴子飯と豆腐うどんの膳になった。

穴子の蒲焼きを細かく切ってまぜた穴子飯より、冷やしうどんに奴豆腐をのせた豆腐うどんのほうが膳の顔だ。朝餉の豆腐飯は煮込んだ豆腐を崩しながら食すが、こちらは冷たい井戸水で冷やした奴豆腐を崩す。

貝割菜に青紫蘇に茗荷に葱に削り節。薬味がふんだんにのっている。これをまぜながら食すと涼味があってうまい。

「なかなかこしがあるじゃねえか」

「うどん屋にも負けてねえぜ」

客から声が飛んだ。

「わたしが打ったので」

千吉が厨から満足げに答えた。

「へえ、さすがは二代目」

「力が強くなってきたからよ」

客が言う。

「豆腐飯もいいけど、夏はこれだな」

「わりと腹にたまるしよ」

「脇の穴子飯が活きてくらあ」

客の評判は上々だった。

のどか屋の親子が力を合わせてつくった中食の膳は、今日も好評のうちに滞りなく売り切れた。

二

二幕目も千客万来だった。

まず岩本町の御神酒徳利がのれんをくぐってきた。続いて、お忍びの藩主と勤番の武士たちが来た。元締めの信兵衛と力屋の信五郎も顔を見せたから、たちまちにぎやかになった。

「今日は湯のほうはいかがで？」

寅次が水を向けた。

「おお、それはええな。大きなつとめを終えたあとで、さっぱりしたいゆえ」

筒堂出羽守が笑みを浮かべた。

「大きなつとめでございますか」

酒を運んできたおちよが問うた。

「庄内の者たちはどこぞへ出かけたか」

お忍びの藩主は逆に問い返した。

「ええ。毎日気張っておられるようです」

おちよは笑みを浮かべた。

「そのうち朗報がもたらされるやもしれぬぞ」

お忍びの藩主が言った。

「と言いますと？」

肴を運んできた時吉がたずねた。

豆腐と茄子の田楽(でんがく)だ。

同じ味噌田楽でも、食材によって味わいが異なってうまい。

「昨日は御城でお働きだったんです」

稲岡一太郎が告げた。

「諸侯(しょこう)に意見はないかと問われたゆえ、真っ先に手を挙げ、このたびの領地替えがいかに理不尽であるか、庄内藩の領地替えを沙汰止みにすべきか、滔々(とうとう)と弁じたててやった。われながら、一世一代の熱弁であったぞ」

大和梨川藩主は満足げに言った。

もはやお忍びとは言えないが、勤番の武士たちもあえて文句は言わなかった。

「さようでございますか。それはお働きで」

時吉がうなずいた。

「庄内のお客さまもさぞやお喜びでしょう」

と、おちよ。

「喜ぶのは沙汰止みになってからだな」

筒堂出羽守はそう言うと、さっそく田楽に箸を伸ばした。

「うん、美味や」

満足げな表情で言う。

「豆腐の焦がし加減がちょうどいいですね」

力屋のあるじが言った。

「これならいくらでも胃の腑に入りそうで」

元締めが和す。

「うん、茄子がうめえ」

富八は例によって野菜をほめた。

「はい、鱚天揚がります」

千吉のいい声が響いた。

「はあい」

若おかみがすぐさま応じる。

ほどなく、からりと揚がった鱚天が運ばれてきた。

そればかりではない。鱚の昆布締めも添えられていた。昆布締めした鱚の細造りを杉盛りにし、おろし山葵(わさび)をのせて煎(い)り酒を回しかけた小粋な肴だ。

「どっちもうまそうや」

兵頭三之助が瞳を輝かせた。

「鱚天ならともかく、こういう上品な肴はうちじゃ向かないので」

力屋のあるじが昆布締めを指さした。

「うん、これも美味や」

筒堂出羽守が鱚天を胃の腑に落としてから言った。

「なら、一段落ついたところでうちの湯屋へ」

寅次が勢いこんで言った。

「そやな。江戸の湯屋がいちばんや」

大和梨川藩主が破顔一笑(はがんいっしょう)した。

三

その日は隠居が良庵の療治を受け、のどか屋に泊まる日だった。

「ああ、今日もいい療治だったね。腰が軽くなったよ」

季川が按摩に向かって言った。

「毎度ありがたく存じます」

良庵が頭を下げる。

「またよしなにお願いします」

女房のおかねも笑顔で言った。

評判のいい按摩だから、療治を望む者は引きも切らない。のどか屋が一段落したら、今度は巴屋の客だ。

「お疲れさまでございました」

おちよが労をねぎらった。

按摩の夫婦が去り、隠居が一枚板の席で田楽を肴に一献傾けていると、庄内の仁助と義三郎が戻ってきた。

長く故郷を離れているせいか、さすがに顔には疲れの色が見える。

しかし……。

大和梨川藩主が庄内藩のために御城で熱弁を振るってくれたという話をのどか屋の面々から聞くと、にわかにその表情が晴れた。

「ありがでえこって」

仁助が両手を合わせた。

「これで沙汰止みになれば」

義三郎も和す。

「思いは通じますよ」

おちよの声に力がこもった。

「至誠は天に通ず、という言葉もあるからね。庄内のみなさんの思いは、きっと天を動かしますよ」

隠居が温顔（おんがん）で言った。

「ありがでえ」

仁助が頭を下げた。

「これを召し上がって、精をつけてくださいまし」

時吉が穴子の天麩羅を運んできた。

「何から何まで」

「ありがでえこって」

庄内の二人が受け取る。

まず義三郎が箸を取った。

見事に揚がった穴子の天麩羅をさくっと嚙む。

「うんめえ」

義民の顔がようやく晴れた。

四

その年の夏、両国橋の西詰の小屋に面妖（めんよう）な見世物芸人が現れた。

その名を眼力太郎（がんりきたろう）という。

この男、ぐっと力めば目玉が蟹（かに）のように飛び出す。それだけでも驚きだが、飛び出した目玉に糸をくくりつけ、物を持ち上げることができるのだから前代未聞だ。

「旅籠の呼び込みには見向きもしてくれないわね」

おけいが苦笑いを浮かべた。

眼力太郎の小屋は押すな押すなの盛況で、派手な半被を着た呼び込みの男の声にも力がこもっている。

「でも、眼力太郎を目当てに江戸へ出てきたお客さんもいるでしょうから」

「お泊まりが減ることはないはず」

双子の姉妹が言った。

だいぶ暑くなってきたし、思わぬ早産があったら事だから、おようはしばらく呼び込みは自重だ。その代わり、猫地蔵から大松屋の前あたりまで往復して身を少しでも動かしている。

「眼力太郎のあとは、大松屋の内湯でゆっくり」

升造がここぞとばかりに声を張りあげた。

跡取り息子ができた二代目は今日も元気だ。

「さあさ、呼び物眼力太郎。なんと目玉を自在に出し入れするよ」

呼び込みの声が響く。

「それだけじゃねえ。どんなものでも目玉の力で持ち上げる。これぞまさしく眼力太郎。見逃したら一生の損だよ」

「おう、そりゃ見なきゃな」

「行こうぜ、行こうぜ」

すぐさま声が響いた。

ことによるとサクラかもしれないが大盛況だ。

さらに、そこにべつの声が加わった。

「かわら版の早知らせだよ。驚きの知らせだ」

そう声を張りあげた男は、赤い鯛のかぶりものをしていた。

目出鯛三だ。

「何かあったのかしら」

おけいがいぶかしげな顔つきになった。

「あっ、万年さまが」

江美が指さした。

目出鯛三とかわら版売りの後ろから、急ぎ足で万年同心が歩いてきた。

いったい何が起きたのか、ほどなく分かった。

かわら版の文案づくりも手がける狂歌師がこう声を張りあげたのだ。

「三方領地替えが沙汰止みだ。庄内藩は安堵だ。仔細(しさい)はすべてこのかわら版に書かれている」

目出鯛三はかわら版売りを手で示した。

「さあさ、買ったり買ったり」

刷り物を手にした男が破顔一笑した。

五

「とうとう山が動いたな」

かわら版に目を通してから、万年同心が言った。

将軍家慶により、ついに三方領地替えを沙汰止みにする決断が下された。庄内へはさっそく早馬が出されたという。

「庄内のみなさんはさぞやお喜びでしょう」

おけいが上気(じょうき)した顔で言った。

「これでやっと国へ帰れるな」

万年同心が言った。

泊まり客を見つけ、案内がてらのどか屋に戻って知らせを伝えると、おちよと若夫婦も満面の笑みになった。

「それは本当に何よりで」

おちよが目もとに指をやった。

「大願成就だな」

一緒に来た万年同心が言った。

「打ち上げをやらないと」

千吉が乗り気で言った。

「盛大にやってあげてくれ」

万年同心が身ぶりをまじえた。

「分かったよ、平ちゃん」

千吉が気安く答えた。

仁助と義三郎が戻ってきたのは、七つごろだった。

「おめでたく存じます。かわら版で読みました」

おちよが笑顔で出迎えた。

「もう何ど言うだらええが」

仁助はそう言って続けざまに瞬きをした。

「願いがかなったさげ……」

義三郎はもう涙声になっていた。

座敷にはほかの泊まり客もいた。

「めでたいっちゃ」

「殿様が国にいるのがいちばんで」

越中富山の薬売りが言った。

「おめでたく存じました」

野田の醤油づくり、花実屋の番頭が笑顔で祝意を述べた。

のどか屋とは古いなじみで、江戸へあきないに来るたびに泊まってくれる。

「ありがてえこって」

「みなさんのおかげで」

仁助も義三郎も上気した顔で頭を下げた。

「しばらくここにおられた黒四組の万年さまが、うちで打ち上げをされてはどうかとおっしゃっていたのですが、すぐ庄内へ戻られますか？」

おちよがたずねた。

「いんや。世話になっだ人たちに礼を言わねば」

「んだ」

庄内の二人が答えた。

「では、御礼を兼ねた宴をうちでいかがでしょう」

おちよが如才なく水を向けた。

「江戸の料理も食べ納めになるでしょうから」

千吉も出てきて言う。

「なら、明日、寄り合いがあるんで」

「そごで相談を」

仁助と義三郎は顔を見合わせてうなずき合った。

六

相談の末、江戸を発つ前の日にのどか屋で祝いの宴が行われることになった。

その日は二幕目から貸し切りになった。時吉もほかの料理人に長吉屋の厨を託し、千吉とともにのどか屋に詰めた。

焼き鯛に姿盛り、それに天麩羅。

めで鯛づくしの料理が座敷に運ばれた。

仁助と義三郎ばかりでなく、ほかの旅籠に分かれて逗留していた庄内衆も顔をそろえていた。志を果たして、明日は久方ぶりに故郷に帰るとあって、どの顔も晴れ晴れとしていた。

一枚板の席には、黒四組の安東満三郎と万年平之助、それに、かわら版の文案をつくった目出鯛三が陣取っていた。黒四組はその後も庄内衆の刷り物配りを見張りながらそれとなく風を送っていたから、陰の立役者だ。

座敷には、髷がすっかり白くなった年寄りが座っていた。ただし、血色は良く、声にも張りがあった。

隠居の大橋季川ではなかった。庄内出身で、早くから越訴衆の後ろ盾になっていた元公事師の佐藤藤佐だ。

「まんず、このたびの大願成就は佐藤さまのおかげで」

仁助がそう言って酒をついだ。

「いや、庄内衆の粘り強さが沙汰止みに導いたんだよ」

後ろ楯の佐藤藤佐が笑みを浮かべた。

季川よりはいくらか年下とはいえ、今年で六十七歳だ。かなりの年寄りだが、足腰はまだまだしっかりしている。

「いちばんいいときにお奉行が替わったしな」

あんみつ隠密がそう言って、鯛の刺身をどばっと味醂につけた。

「そうそう。天が味方してくれましたよ」

佐藤藤佐の白い眉が下がった。

「ありがでえこって」

「お奉行は神様で」

庄内衆の一人が両手を合わせた。

実際、矢部定謙は庄内の大恩人としてのちに祀られることになる。

「では、明日はお早いお発ちで？」

おちよが問うた。

「それぞれの旅籠に分かれてるでのぉ」

「せっかぐだから、日本橋で待ち合わせで」

「江戸も終いじゃさげ」

庄内衆が答えた。

「出るのはここの朝餉を食うでからにしてえの」

仁助が言った。

「んだ。食い納めださげ」

義三郎がうなずく。

「なら、おおよその頃合いに」

かしら格の男が言った。

「待たせねえようにしますさげ」

仁助が頭を下げた。

こうして段取りが決まった。

「お待たせいたしました」

おようが盆を運んできた。

めでたい席には欠かせない紅白蕎麦だ。

白は御膳粉を用いた蕎麦、紅は紅粉を用い、生姜をぴりっと効かせている。見てよし、食べてよしの蕎麦だ。

「うんめえ」

「江戸の蕎麦は食い納めだのぉ」

「忘れられぬ味になるべ」

庄内衆の箸が小気味よく動いた。

「帰ったら庄内の蕎麦をたらふく食えるな」

佐藤藤佐が言った。

「へえ」

「まんず、佐藤さまのおかげで」

庄内衆が感慨深げに言った。

ここで、おちよが俳諧の師の季川による餞（はなむけ）の発句を披露した。

安堵して帰る故郷や蟬の声

「庄内では蟬がないてるかのぉ」

「みなの顔が目に浮かぶ」

なかには目元に指をやる者もいた。

「付け句はねえのかい、おかみ」

安東満三郎が水を向けた。

「なら、おちよさん、付けておくれ」

万年同心が巧みに声色（こわいろ）を遣った。

「えー、思案してなかったですが……」

そう言いながらも、おちよはこめかみに指をやって気を集めた。

ほどなく、のどか屋のおかみの口から付け句が発せられた。

　目に映るものすべてなつかし

「そうだのぉ」

仁助が瞬きをした。

「なづかしい故郷へ帰れるべ」

義三郎がだいぶ赤くなった顔で和した。

七

翌朝――。

庄内の二人は朝餉の場に現れた。

「最後の豆腐飯で」

　仁助が言った。

「江戸のおづけも食べ納めで」

　義三郎が名残惜しそうに言った。

「豆腐を甘辛く煮て薬味を添えるだけですから、庄内に帰ってからもつくってみてくださいまし」

　おちよが水を向けた。

「んだなあ」

「おっがあに言ってみるべ」

　庄内の二人は乗り気で答えた。

「うんめえ」

　匙が動く。

「江戸の食い物なら、まんずこれがいちばんで」

　仁助が言った。

「んだっす」

　義三郎がうなずく。

その後、庄内のごく一部だが、豆腐飯が食されるようになった。

ただし、料理の名は変わっていた。

のどか飯

いつのまにか、そう呼ばれるようになっていた。

「江戸でごっつぉをたぐさん食えてよがったな」

朝餉を食べ終えた仁助が茶を呑んで言った。

「思い残すごどはねえべ」

義三郎が言う。

「庄内のみなさんは、さぞやお喜びでしょうね」

若おかみのおようが笑みを浮かべた。

「呑めや唄えやで」

「まんず、踊りもやっどるべ」

「早ぐ輪に加わりてえ」

「んだなあ」

庄内の二人は遠い目になった。

三方領地替えが沙汰止みになった知らせは、早馬で庄内にもたらされた。折しもお盆に当たっていたから、なおのこと大変な騒ぎになった。赤飯（せきはん）と酒がふるまわれ、庄内の里と津々浦々で宴が催された。武士も百姓も一緒になって、盛大に祝ったと伝えられている。

第六章　ほっこり椀

一

「見世物なんて、久しぶりだね」

千吉が笑みを浮かべた。

「たまの休みなんだから、ゆっくり観ておいで」

おちよが言う。

「楽しみだな、眼力太郎」

瞳を輝かせたのは、おようの弟の儀助(ぎすけ)だった。

母のおせいと、おようにとっては義父に当たるつまみかんざしづくりの親方の大三郎(だいざぶろう)もいる。

　およようの父の仁次郎は「やぶ仁」という評判の蕎麦屋のあるじだったが、心の臓の差し込みで若くして亡くなってしまった。おせいは大三郎に見初められて後妻になり、つまみかんざしづくりを手伝うようになった。

　そのうち生まれた弟の儀助は、早いもので十歳になった。むかしは千吉がつくる餡巻きに目がないわらべだったが、このところはずいぶんと背丈が伸びて顔立ちも大人っぽくなってきた。

　眼力太郎の見世物の評判は、家族が暮らしている本所にも聞こえてきた。儀助がぜひにとせがむので、今日は両国橋を渡ってやってきた。

　おようは身重だから留守番だが、千吉は二幕目を休みにして一緒に出かけることにした。ずっと気張ってきたから、たまには息抜きも必要だ。

「餡巻きはつくれないんで、代わりにお団子でも食べてこよう」

　千吉が儀助に言った。

「わあ、それも楽しみ」

　儀助が答えた。

「なら、わたしたちは呼び込みに」

　おけいが言った。

江美と戸美も支度を整えている。

「だったら、初めのお客さんが見つかるまでわたしもやるよ」

千吉が乗り気で言った。

「骨休めに行くのに、呼び込みをしなくても」

おちよがいくらかあきれたように言った。

「いや、久々だから」

千吉が白い歯を見せた。

「たちどころに見つかるでしょう」

おけいも笑みを浮かべる。

「待ってるから」

若おかみが二代目に言った。

「はい、行ってきます」

千吉は軽く右手を挙げた。

「行ってくるね」

空（から）の酒樽の上で落ち着いていたゆきの頭を軽くなでると、千吉はのどか屋を出た。

二

「あれっ、千ちゃんが呼び込みを？」

大松屋の升造が意外そうな顔つきになった。

「眼力太郎の見世物を観にきたんだけど、その前にひと仕事」

千吉は腕まくりをした。

「そうかい。おいら、こないだ観たよ。そりゃあもう……」

升造はここぞとばかりにしゃべりだした。

「あ、言わないで。楽しみが減るから」

千吉があわてて言った。

「それもそうだね。なら、呼び込み、呼び込み」

大松屋の二代目は小気味よく両手を打ち合わせた。

「お泊まりは、小料理屋がついたのどか屋へ」

「朝は名物、豆腐飯」

「江戸でも評判の朝餉です」

のどか屋の面々が呼び声をあげる。

「お泊まりは、内湯がついた大松屋へ」

升造も負けじと声を張りあげた。

「おめえもやってみるか」

大三郎が儀助に言った。

「えーっ、おいらはつまみかんざしの職人になるんだから」

儀助は首を横に振った。

「無理しないでいいわよ」

おせいが笑みを浮かべた。

いくらか経って、のどか屋にも大松屋にも客が見つかった。双子の姉妹が受け持つ巴屋にも客がついた。

「なら、お願いします」

千吉がのどか屋へ戻るおけいに言った。

「承知で。どうぞごゆっくり」

おけいが笑顔で答えた。

「巴屋さんによろしくね」

千吉は双子の姉妹にも言った。

「承知しました」

「お気をつけて」

江美と戸美の声がそろった。

三

「さあさ、お立ち合い」

拍子木がかんと鳴った。

「ここなる男は眼力太郎。これから驚天動地の芸をご披露いたしまする」

半裃を身につけた男がよく通る声で口上を述べた。

舞台の真ん中に敷かれた紅い座布団の上に、同じ半裃姿の男が端座していた。

古今無双
眼力太郎

半袢にはそう記されていた。

うち見たところ、どこにでもいそうな男だった。小間物屋の手代あたりが似合いそうな面相だ。

「東西！」

口上の男が小屋に響きわたる声を発した。

でろでろ、でろでろと太鼓が鳴る。

「おおっ」

声があがった。

千吉も目を瞠った。

眼力太郎の目玉が少しずつ大きくなったかと思うと、やにわに蟹のように飛び出したのだ。

「きゃあっ」

悲鳴もあがった。

気の弱い客は手を目に当て、指のあいだから恐る恐る見ている。

「これはまだ序の口でございまする」

口上の声が響いた。

「古今無双の眼力太郎、その眼の力にて、さまざまな物を持ち上げてみせます。とくとご覧うじろ」

その声に応えて、眼力太郎は飛び出た眼球に糸をくりつけ、物を持ち上げる芸を披露しはじめた。

「おおっ」

「扇子が上がったぜ」

声が飛ぶ。

「わあ、すごい」

儀助も大喜びだ。

「眼力太郎の晩酌はひと味変わっておりまする」

さらに口上が響いた。

「うわっ」

「銚釐を持ち上げたぜ」

驚きの声があがる。

眼力太郎は酒が入った銚釐を持ち上げ、器用に酒をついだ。

それをくいと呑み干すと、小屋はやんやの騒ぎになった。

「こりゃあ、たまげた」

「凄(すげ)えものを見たぜ」

客は手を打って喜んだ。

「まさかここまでとは……」

千吉は口をあんぐりと開けていた。

「いったいどうなってるのかしら」

おせいが瞬きをする。

「つくり物じゃねえからな」

大三郎が言った。

「来てよかった」

儀助はそう言うと、眼力太郎の動きに合わせて手を打って喜んだ。

四

見世物小屋を出た一行は、両国橋を渡って東詰に向かった。

西詰ほどではないが、東詰も繁華なところで、とりどりの見世が出ている。

評判の団子屋はこの東詰にあった。儀助たちは本所へ帰るだけだが、千吉はまた橋を戻らなければならない。しかし、今日の二幕目は休みだから、どこかで土産を買ってゆっくり戻るつもりだった。

「ここは前から気になってたの」

おせいが言った。

「元相撲取りがこねてる団子だそうだから、きっとうめえぞ」

大三郎が少し急ぎ足になった。

「すぐそこが両国の回向院（えこういん）ですからね」

千吉が手つきをまじえた。

回向院では相撲の興行が折にふれて行われている。近くに相撲部屋も多く、力士の姿も目立った。

「おなかすいた」

儀助が帯に手をやったから、場に和気が漂った。

「いらっしゃいまし」

のれんをくぐって中へ入るなり、おかみのいい声が響いた。

背負子（しょいこ）の中で赤子が寝ている。この姿で客の相手をするのはなかなかに大変そうだが、まだ若いおかみは笑顔だった。

「空いているところへどうぞ」

おかみが身ぶりで示した。

「はい、お待ちで」

あるじがほかの客に盆を運んできた。

ひと目で元相撲取りと分かる恰幅で、見るからに力がありそうだ。

「餡とみたらしができますが、いかがいたしましょう。ひと皿は三串ですので、わりかたおなかにたまります」

おかみがやや口早に言った。

「なら、おいらは両方」

儀助が元気よく言った。

「では、わたしも」

千吉も続いた。

「相盛りにできますか？」

おせいがたずねた。

「もちろんです。二串ずつのお皿でお出しします」

おかみがにこやかに答えた。

「じゃあ、それを……」

おせいが大三郎を見た。

「二皿でいいや。あとで屋台の蕎麦でもたぐりてえから」

つまみかんざしづくりの親方が答えた。

「承知しました。少々お待ちください」

おかみは一礼すると、注文を伝えにいった。

その途中で赤子が目を覚ました。たちまち火がついたように泣きだす。

「お乳かい」

「おれらはあとでいいから、やってきてやんな」

職人風の先客が言った。

「相済みません。では」

おかみは奥へ下がっていった。

「大変ね。子守りとお見世と両方で」

その様子を見ていたおせいが言った。

「のどか屋も近々あんな感じになりそうだな」

大三郎が笑みを浮かべた。

「はい。気張って助けます」

千吉がすぐさま答えた。

あるじが盆を運んできた。

「ばたばたしていて相済みません。団子とお茶で」

ねじり鉢巻きの元力士が品を置いた。

「わあ、どちらもおいしそう」

儀助の瞳が輝いた。

餡もみたらしも美味だった。団子にこしがあることはもちろん、餡もみたらしも甘すぎず、後を引く味だった。

おまけに、茶がうまかった。いい葉を使っているようで、思わずうなるほど深い味が出ていた。

赤子に乳をやり終えたおかみがまた出てきた。赤子はすっかり機嫌を直したようだ。

「おいしかったです。橋を渡って来た甲斐がありました」

千吉が笑顔で言った。

「それはそれは、ありがたく存じます」

おかみが頭を下げた。

「うちは本所だから、また来る」

儀助が言った。

「寺子屋とつまみかんざしの修業を気張ったらな」

大三郎がクギを刺すように言った。

「何にせよ、来て良かったわ」

おせいはほっとしたように言うと、残りの茶を呑み干した。

五

それからしばらく経ったある日の二幕目――。

のどか屋に久々の客が姿を現した。

「まあ、清斎(せいさい)先生」

おちよが声をあげた。

「ご無沙汰しておりました」

総髪の男が笑みを浮かべた。

本道(ほんどう)（内科）の医者の青葉(あおば)清斎だ。のどか屋とは古いなじみで、時吉に薬膳(やくぜん)を指南していたこともある。

「ああ、そのままでいいですよ」

座敷の上がり口に腰かけていた身重(みおも)のおようを、清斎は気づかった。

「もうそろそろお産なので」

厨から手を拭きながら出てきた千吉が言った。

「楽しみですね」

つややかな総髪の医者が笑みを浮かべた。

かつては皆川町(みながわちょう)に診療所があったのだが、火事で焼け出されていまは竜閑町(りゅうかんちょう)の醤油酢問屋、安房屋(あわや)の敷地内に移っている。安房屋も先代の辰蔵(たつぞう)からの古いなじみだ。

「なにぶん初めてなので不安ですけど」

おようが軽く帯に手をやった。

「案ずるより産むがやすし、ですよ。羽津(はつ)からそのように言うようにと言(こと)づかってきました」

清斎はそう言うと、おちよが出した湯呑みの茶に手を伸ばした。

清斎の妻の羽津は産科医で、かつて千吉を取り上げてくれた。

「あの子のときは大変でしたけど」

おちよが厨で手を動かしている料理人のほうを手で示した。

早々に産気づいてしまい、一時はどうなることかと思ったが、幸い羽津が適切な処置をしてくれた。おちよと千吉にとっては命の恩人だ。

「あのとき生まれたお子さんが、一人前の料理人になって、待望の子も生まれるわけですからね」

清斎が言った。

今日は薬種問屋の帰りらしく、大きな包みを持参している。

「ほんとに月日の経つのは早いものです」

いくらか遠い目でおちよが言った。

ここで千吉が料理を運んできた。

まずは焼き茄子の煮浸し（にびた）だ。

焼いて皮をむいてから、だしと醤油と酒で煮た茄子に、せん切りの青紫蘇と薄い小口（こぐち）切りの茗荷をあしらう。

「夏向きの小粋（こいき）な料理ですね」

さっそく箸を取った清斎が言った。

「うみゃ」

物おじしない二代目ののどかがやってきて短くないた。

「いただいた子はちゃんとつとめをしているよ」

清斎が猫に向かって言った。

診療所の奥には療治長屋がある。本復までに時がかかる患者はそこに逗留させ、じっくりと治していくのが清斎のやり方だった。

患者の気をやわらげる助けにもなろうかと、のどか屋の猫がもらわれていった。二代目ののどかの子だ。

「それは何よりです」

おちよが笑みを浮かべた。

「お役に立って良かったわね」

おようも声をかけた。

「みゃ」

二代目ののどかが自慢げにないたから、のどか屋に和気が漂った。

次の料理はなかなかに凝っていた。

「海老団子とじゃがたら芋の煮合わせでございます」

千吉が告げた。

「ほう、じゃがたら芋ですか」

清斎がいくぶん目を細くした。

「砂村の義助さんがつくりはじめたものを届けてくださったんです」

おちよが言った。

砂村の義助は金時人参などの京野菜も手がけている。土がいいのか、江戸のほかでは育たない野菜も義助の畑では立派に育つ。

「では、さっそくいただきましょう」

医者の箸が動いた。

みじん切りにして卵白と片栗粉と塩をまぜてまとめた風味豊かな海老団子と、ほっこりと煮えたじゃがたら芋を煮合わせる。噛み味の違いも楽しめる凝ったひと品だ。

「片栗粉でとろみをつけて、生姜を効かせてありますね。これは身の養いにもなります」

本道の医者は満足げに言った。

「ありがたく存じます」

千吉が一礼した。

「しばらく来ないうちに、また腕が上がりましたね。これならのどか屋も安泰です」

清斎が笑顔で言った。

「あとは三代目の誕生を待つばかり」

どこか唄うようにおちよが言った。

「気張って産みます」

おようが帯をぽんとたたいた。

六

翌日は隠居が良庵の療治を受ける日だった。

療治を終えて按摩と女房を見送り、一枚板の席に移って呑みはじめたとき、常連の一人がのれんをくぐってきた。

「あっ、先生」

千吉が声をあげた。

のどか屋に姿を現したのは、春田東明だった。諸学に通じた学者で、寺子屋を長年営んでいる。千吉にとっては恩師に当たる人物だ。

「ご無沙汰でした、千吉さん」

教え子にもていねいなしゃべり方をする春田東明が白い歯を見せた。

手には風呂敷包みを提げている。おそらく書物を贖(あがな)った帰りだろう。寺子屋は天井にまでうずたかく書物が積まれているほどだ。

「いらっしゃいまし」

「ようこそお越しで」

大おかみと若おかみが出迎えた。

「そろそろお産ですね」

春田東明はそう言うと、軽く手刀(てがたな)を切ってから隠居の隣に腰を下ろした。

「ええ。ときどき動いたりしますので」

おようがだいぶせり出してきたおなかに手をやった。

「備えはしてありますから、あとはそのときを待つばかりで」

おちよが笑みを浮かべた。

「いよいよ三代目か。長い付き合いだねえ」

隠居が感慨深げに言った。

「楽しみですね、千吉さん」

盆を運んできた二代目に向かって、春田東明が言った。

「はい、どきどきしてます。……お待ちで」

千吉は料理の皿を下から出した。

料理は下から出さなければならない。

長吉から時吉へ、さらに時吉から千吉へ。代々受け継がれてきた大切な教えだ。

どうぞお召し上がりください、と皿を下から出すのが骨法だ。間違っても、「どうだ、食え」とばかりに上から出してはならない。料理人の我を殺し、あくまでも客を楽しませるのが筋だ。

「これは、炒り豆腐だね」

隠居が見るなり言った。

「ええ。中食はほかほかのご飯にのせて炒り豆腐丼にしたんですけど、冷めてもおいしいので」

千吉が笑みを浮かべて答えた。

「豆腐飯ばかりじゃないってところを見せるんだと張り切ってつくったんですよ」

おちよが言った。

「もう一つ、これからお出しします」

千吉はそう言うなり、また厨へ戻っていった。

ややあって、次の肴が運ばれてきた。

「金平豆腐でございます」

身重の若おかみが皿を置いた。

「これは初めてだね」

隠居がのぞきこんで言う。

「お豆腐と牛蒡を甘じょっぱい味つけで」

おようが笑みを浮かべた。

金平豆腐の評判は上々だった。

「これもご飯に合いそうだね」

隠居の白い眉がやんわりと下がった。

「牛蒡と豆腐の嚙み味の違いが、えもいわれぬ味わいを醸し出しています」

学者が折り目正しく言った。

「あんかけ豆腐もお出ししますので」

厨から千吉が言った。

「豆腐づくしだね」

と、隠居。

「するっとややこが生まれるようにという願いをこめて、千吉さんが思案してくれたんです」

おようはそう言うと、だいぶ大儀そうに座敷の上がり口に腰を下ろした。

「はい、守り神」

おちよが老猫のゆきを抱っこしておように渡した。

これまでいくたびもお産をしてきた猫だから、たしかに守り神だ。

「よしよし、いい子ね」

おようが白猫の背をなでてやる。

ゆきは気持ちよさそうにのどを鳴らしはじめた。

ほどなく、あんかけ豆腐ができた。

だしと醤油と味醂を煮立てて、絹ごし豆腐を煮る。煮立ったところで水溶きの片栗粉を加えてとろみをつけ、椀に盛って貝割菜と小口切りの葱をあしらう。

「こりゃあ、ほっこりするね」

隠居が食すなり笑顔になった。

「まさに、ほっこり椀です」

春田東明が和す。

「じゃあ、その名前、いただきます」

おちよがすかさず言った。

「早指南の刷り物に書いておかなきゃ」

千吉が言った。

かくして、のどか屋にまた新たな料理が加わった。

第七章　万吉膳

一

まさに、案ずるより産むが易し、だった。

さすがに豆腐のようにするりというわけにはいかなかったが、千吉の時はえらく苦労したおちよが拍子抜けするほど楽におようはややこを産んだ。

「もう生まれたの？」

おちよが驚いて産婆にそうたずねたほどだった。

「安産でようございましたね」

産婆のおたつが笑みを浮かべた。

ここいらでは腕達者で知られる産婆だ。おちよよりひと回りほど上の歳で、これまでに多くの赤子を取り上げてきた。

「ほっとしました」

まだ産籠（うみかご）に座ったままのおようが言った。

「はい、よしよし」

産婆が生まれてまもない赤子を産湯（うぶゆ）でていねいに洗う。

「もうちょっと待ってね」

おちよが千吉に言った。

「思ったよりちっちゃいからどきどきする」

千吉が胸に手をやった。

「いや、立派な赤さんですよ」

産婆がすぐさま答えた。

生まれたての赤子は、顔じゅうを口にして泣いている。

元気な男の子だ。

おっ、ややこが生まれたみてえだな。

そりゃめでてえや。

外から声が響いてきた。

おようがお産をしたのは、旅籠の二階の一室だった。

ほかの泊まり客に迷惑がかかるかもしれないから、住んでいる長屋とどちらにするか迷ったのだが、のどか屋でお産をすれば湯をいくらでも使えるし、産後のおように精のつく料理を出せる。そう考えて、のどか屋で産むことにしたのだった。

旅籠はともかく、小料理屋のほうは無理なので休みにし、その旨(むね)を知らせる貼り紙を出した。

ややこがうまれました
本日はお休みにさせていただきます
ありがたく存じました
のどか屋

千吉が自ら筆を執った貼り紙の字は、喜びに躍っているかのようだった。

二

　それからほどなくして、知らせを聞いた医者の御幸順庵(みゆきじゅんあん)があわただしく入ってきた。

「おお、これは元気な赤子ですね」

　医者は笑みを浮かべた。

「安産で何よりで」

　産婆が言う。

「具合はいかがですか？　血は下りていませんか？」

　順庵はおようを気づかった。

「はい。妙な感じですけど、大丈夫そうです」

　おようが産籠から答えた。

　当時のお産は、産籠に座って行うのが習わしだった。天井から産綱(うみづな)を垂らし、それに捕まって生まれるまでうんと息む。産み終えたあとも、産籠で楽にしているのが常だ。

「それは良かった。はやめ薬も効いたようですね」

医者が言った。

「はい、おかげさまで」

大役を終えた女が答えた。

はやめ薬を煎じてのむと、お産が楽に進む。人によって効き目は違うが、おようにはよく効いてくれたようだ。

「なら、わたしゃ次のお座敷がありますので」

産婆が戯れ言まじりに言った。

「大変ですね。ご苦労さま」

医者が労をねぎらう。

「本当にありがたく存じました」

おくるみに入って眠っているわが子を抱いたまま、千吉が一礼した。

「お世話になりました」

おようも礼を述べた。

「養生してね。次の子もわたしが取り上げるんで」

おたつが笑顔で答えた。

「よろしゅうお願いします」

若おかみが笑みを返した。

産婆が去ったあと、医者が産後の養生の要諦(ようたい)を伝え、煎じ薬を渡した。

「あとはなるたけ精のつくものを食すようにしてください」

順庵が言った。

「玉子粥などはどうでしょう」

千吉が問うた。

「ああ、いいですね。値は張りますが、玉子にまさるものはありませんから」

医者が太鼓判を捺した。

「なら、お代はいくらでも出すから」

おちよが言った。

「承知で。しばらく玉子づくしにしよう」

千吉が乗り気で言った。

「では、動けるようになるまで、ゆっくり養生してください」

順庵が腰を上げた。

「分かりました。ありがたく存じました」

おようが頭を下げた。

「くれぐれも無理はさせないように」

医者はおちよと千吉に言った。

「承知しました」

「充分休んでもらいます」

のどか屋の親子が答えた。

三

「おーい、生まれたそうだな」

旅籠の前から声が響いた。

岩本町の名物男だ。

「祝いに野菜をちょっと置いてくぜ」

棒手振りの富八も言う。

「ありがたく存じます」

千吉が二階から顔を覗かせた。

落っことしたらいけないから、赤子はおちよに託した。いままた目が覚めて泣きだしたところだ。

「男かい、女かい」

湯屋のあるじが大声で問うた。

「男の子です」

千吉が答えた。

「そうかい。なら、三代目だな」

寅次が指を三本立てた。

「若おかみは達者で？」

富八が問う。

「はい、達者にしてます」

大声で答えそうになったおようを手で制して、千吉が答えた。

「おとっつぁんは知ってるのか？」

寅次がなおも問うた。

「いえ、まだ知らないです」

赤子をあやしながら、おちよが答えた。

「だったら、おいらが知らせてくらあ」

気のいい棒手振りが言った。

「まあ、そうしていただくと助かります」

おちよがすまなそうに頭を下げた。

「相済みません、富八さん」

千吉も和す。

「いいってことよ。またうめえもんを食わせてくんな。なら、天秤棒(てんびんぼう)を長屋に置いてからひとっ走り」

野菜の棒手振りが乗り気で言った。

「相済みません、お願いします」

おちよが二階から声をかけた。

「なら、達者でな、若おかみ」

湯屋のあるじが言った。

「はあい」

おようが精一杯の声で答えた。

岩本町の御神酒徳利の次にやってきたのは、大松屋の升造だった。

「生まれたんだって？　千ちゃん」

幼なじみが前の道から問う。

「うん、おかげさまで、ほら」

千吉は抱っこした赤子をかざしてみせた。

たちまち火がついたように泣きだす。

「ああ、いいから、いいから」

升造はあわてて言った。

「おっかさんのところへ戻しておやり」

おちよが言った。

「はいはい、ごめんね」

千吉はまだあぶなっかしい手つきで赤子をおように戻した。

「跡取り息子だって？」

升造がさらに言った。

「うん、升ちゃんとこと同じ」

千吉は笑顔で答えた。

「名前はやっぱり万吉にするの？」

升造が問う。

「そのつもり」

千吉はすぐさま答えた。

ここで普請場のつとめを終えたなじみの大工衆も来た。

「おう、めでてえな」

「いい泣き声が響いてるぜ」

そろいの半纏の男たちが言った。

「うちと一緒で、跡取り息子で」

大松屋の二代目が告げた。

「そうかい、そりゃ何よりだ」

「そのうち、祝いの膳を出してもらわなきゃ」

「いくらか高くても食ってやるからよ」

大工衆は上機嫌で言った。

「それも思案してます。その節はよしなに」

千吉は白い歯を見せた。

四

長吉屋から急いで戻ると、時吉はさっそく二階へ上がり、その手に孫を抱いた。

「千吉のときを思い出すでしょう」

おちよが言った。

「そうだな。まだ小さいな」

赤子を大事そうにかかえながら、時吉は答えた。

乳を呑んだおかげで、いまは寝息を立てている。見たところ子も母親も達者そうだったからひと安心だ。

「できたよー」

千吉が玉子粥を運んできた。

「わあ、いい香り」

おようが笑みを浮かべた。

「精をつけてね」

おちよのほおにえくぼが浮かんだ。

「はい」

　おようがこくりとうなずいた。

「一人で食べられる？」

　千吉が気づかった。

「大丈夫だって。もう大きな峠は越えたんだから」

　おようは笑って答えた。

「よし、おとっつぁんのところへ行け」

　時吉が赤子を千吉に渡した。

「足は大丈夫そうで良かった」

　千吉が小さな足にさわって言った。

「おまえは苦労したからね」

　おちよがしみじみとした口調で言った。

　千吉は生まれつき左足がいくらか曲がっており、ひと頃はずいぶん案じたものだ。

　幸い、千住の骨接ぎ、名倉（なぐら）の若先生の発案による療治器具が功を奏し、だんだんにまっすぐになった。いまでは走ることもできる。

「ああ、おいしい……ほっとする味」

玉子粥を匙ですくって食すなり、おようが言った。

「いくらでもつくるから」

千吉が白い歯を見せた。

「身の養いには玉子がいちばんだからな」

時吉が言う。

「毎日つくるよ。だし巻き玉子も、そのうち焼き飯も」

赤子を抱いた千吉が言った。

「うん、お願い」

おようはそう答えると、また匙を動かした。

五

二日後――。

のどか屋の中食が再開された。

貼り紙にはこう記されていた。

けふの中食
　万吉膳

おかげさまで三代目がうまれ「万吉」と名づけました
祝ひの赤飯
めで鯛のさしみとあら汁
おひたしつき
四十食かぎり四十文

「おっ、こりゃ食わなきゃな」

常連の左官衆が言った。

「千吉の子だから万吉か。数がだんだん増えていくな」

「万の上は何でえ」

「知るもんか」

「減っていくよりはいいじゃねえか」

「百吉、十吉、一吉……」

「終いにゃ、ただの吉だ」

そんな調子でにぎやかに掛け合っているうち、おちよが姿を現した。

「お待たせいたしました。中食を始めさせていただきます」

「おう、めでてえな」

「若おかみは達者かい」

左官衆の一人が訊いた。

「はい、おかげさまで」

おちよは笑顔で答えた。

客は次々に入ってきた。

「空いているところへどうぞ」

「お膳、三つお願いします」

「いま運びますので」

おけいも双子の姉妹もたちまち大忙しになった。

ちょうど長吉屋が休みだったので、祝いの膳は時吉と千吉の二人がかりでつくった。ささげがふんだんに入った赤飯はすでに炊けているから、むやみに手がかかるところはないのだが、鯛の刺身はことのほか気を入れてつくった。

「初孫でめでてえな」

時吉にも声がかかった。

「おかげさまで」

時吉は笑顔で答えた。

「若おかみはどこにいるんだい」

客の一人がおちよにたずねた。

「旅籠の部屋におります。初めは、部屋が一つ減るから長屋でと言ってたんですが、ここでつくったお粥をすぐ食べられるので」

おちよが答えた。

「そりゃいちばんだよ」

「産後の肥立ちには亭主の料理だ」

「そのうち赤子を背負って膳運びだな」

客から声が飛ぶ。

「ええ。当人もそのつもりでいるようです」

おちよが笑みを浮かべた。

「無理させねえほうがいいぜ」

「いまが大事なときだからよ」

「産後は養生がいちばんだ」

常連が言った。

「よく言っておきます」

と、おちよ。

「それにしても、祝いの膳だからことのほかうめえな」

感嘆の声が響いた。

「赤飯のささげがぷっくりしててよう」

「鯛の刺身がまた絶品だ」

「あら汁もうめえ」

客の評判は上々だった。

祝いの膳だということもあって、万吉膳は早々に売り切れた。

六

二幕目にも常連が次々にやってきた。

元締めの信兵衛、力屋のあるじの信五郎、岩本町の御神酒徳利の寅次と富八、黒四組のあんみつ隠密と万年同心。のどか屋は千客万来だ。

「あとで万吉をつれてきますので」

天麩羅を揚げながら、千吉が言った。

「おっかさんは無理させなくていいぞ」

万年同心が言った。

「分かってるよ、平ちゃん」

千吉は気安く答えた。

「何にせよ、めでたいかぎりだな」

寅次が言った。

「ほんに、ありがたいことで」

おちよが軽く両手を合わせた。

「三代目も料理人かい？」

あんみつ隠密が問うた。

「いや、そりゃまだ先の話で」

千吉がすぐさま答えた。

「長吉さんにとったら、曾孫になるわけだね」

元締めがふと気づいたように言った。

「虫の知らせで飛んで帰ってきたりしないかとふと思ったんですけど」

少しあいまいな顔つきでおちよが答えた。

「なに、そのうちふらっと帰ってくるさ」

湯屋のあるじが言った。

天麩羅は次々に揚がった。

海老に鱚に鯛に甘藷。おまけに、具だくさんのかき揚げ。親子が競うように揚げていく。どれも衣がさくさくした絶品の天麩羅だ。

「このかき揚げは丼にすると良さそうですね」

力屋のあるじが言った。

「どうぞお出しくださいまし」

おちよが身ぶりをまじえた。

一段落したところで、千吉がおくるみに入った赤子を大事そうに運んできた。

「落とさないようにね」

おちよが言った。

「うん、分かってる」

父になったばかりの千吉が引き締まった顔つきで答えた。

「おっ、目を覚ましたな」

あんみつ隠密が言った。

人がたくさんいることに驚いたのか、目を覚ますなり、赤子はわんわん泣き出した。

「ほら、にゃーにゃだよ、にゃーにゃ」

ちょうど通りかかった小太郎を見せる。

「この子は生まれたときから猫と一緒なのね」

おちよが言った。

「きっと猫好きに育つだろう」

元締めが笑みを浮かべた。

「そうそう、百日目にはお食い初めをしなきゃね」

湯屋のあるじがいささか気の早いことを言った。

「お食い初めにはいちばん年上のご常連さんに立ち会っていただくことになるので、やっぱり師匠ですね」

おちよのほおにえくぼが浮かんだ。

「なら、浅草のほうに見えたら声をかけておこう」

時吉が段取りを進めた。

赤子はいっこうに泣きやまなかった。

「はいはい、よしよし」

千吉はいささか持て余し気味だ。

「おっかさんのとこへ戻してやりな」

黒四組のかしらが言った。

「おとっつぁんは乳が出ねえからな」

寅次も言う。

「なら、ひとまずお披露目だけで」

千吉が言った。

「目元がそっくりで、いい三代目を拝ませてもらったよ」

元締めが温顔で言った。

「これでのどか屋も安泰だな」

万年同心が太鼓判を捺した。

第八章　三代目の巻

一

長吉屋でも、時吉の初孫の誕生にほうぼうから祝いの声がかかった。

「次の療治の日が楽しみだね」

隠居の季川が笑みを浮かべた。

「みなでお待ちしておりますので」

厨で手を動かしながら、時吉が答えた。

「ご隠居さんに抱っこしてもらえば、長生き間違いなしですね」

銘茶問屋井筒屋のあるじの善兵衛が言った。

双子の姉妹、江美と戸美の養父で、本店は薬研堀にあるが、浅草の出見世に顔を出すときはよく長吉屋に顔を見せる。

「人を寿老人みたいに言わないでおくれでないか」

隠居がそう言って、猪口の酒を呑み干した。

「もはや動く寿老人のようなもので」

善屋のあるじの善蔵が言った。

信兵衛が持つ旅籠のうち、浅草に近い善屋のあるじだけは、のどか屋ではなく長吉屋の常連だ。

「はは、とうとう神様にされてしまったよ」

隠居が苦笑いを浮かべた。

ここで肴が出た。

「椎茸の玉子とじでございます」

そう言って碗を下から出したのは、千吉の弟弟子の寅吉だった。

若くして亡くなった兄の後を継いで、潮来から出てきたときはまだわらべに毛が生えたような感じだったが、背丈も伸びてすっかり料理人らしくなった。仲が良かった千吉に子ができたことは、兄弟子の信吉とともに大いに喜んでいた。

「また茸がうまい季節になってきたねえ」

隠居がそう言って受け取る。

「そのときどきのうまいものを食べていれば、おのずと寿命が延びていきます」

善兵衛が言った。

「その最たる者がわたしだね」

隠居が笑みを浮かべた。

「ああ、これはいい塩梅に煮えてます」

食すなり、善屋のあるじが満足げに言った。

椎茸をだしと酒と醬油と味醂で煮含めたところへ溶き玉子を回し入れ、火から下ろして蓋をして蒸らす。仕上げに、さっと塩ゆでした三つ葉の軸を散らせば出来上がりだ。

「ほっこりする味だね」

隠居の白い眉がやんわりと下がった。

「せがれが女房につくってあげたらしいので、真似をしてみました」

時吉がそう明かした。

「そうかい、千坊の思いつきかい」

と、隠居。

「もう『坊』じゃないですよ、ご隠居」

井筒屋のあるじが笑った。

「いつのまにか子持ちだからね。早いものだ」

隠居は少し遠い目つきになった。

「そうそう、万吉の百日目のお食い初めでは立ち合いをお願いしたいのですが」

いくらか改まった口調で、時吉が言った。

「わたしより年長の者はいないからね。お安い御用だよ」

隠居は快く引き受けた。

「ありがたく存じます」

時吉は一礼した。

「その前に、三代目の誕生祝いに歌仙(かせん)でも巻きたいものだね」

隠居は乗り気で言った。

「承知しました。ちよに伝えておきます」

時吉は白い歯を見せた。

二

「おっ、今日は万吉膳じゃねえのかよ」

「ずっと万吉膳ってわけにもいかねえだろう」

「それもそうか」

翌日の中食――。

なじみの大工衆がにぎやかに入ってきた。

今日の中食は秋の海山(うみやま)の幸(さち)膳だ。

山は茸。椎茸に占地(しめじ)に平茸(ひらたけ)、三種の茸と名脇役の油揚げを具にした炊き込みご飯だ。

海は秋刀魚(さんま)の塩焼き。言うまでもない秋の味覚だ。ぴんと尾の張った秋刀魚をこんがりと焼き、たっぷりの大根おろしを添えて醬油をかけていただく。まさに口福(こうふく)の味だ。

今日はこれに溶き玉子の澄まし汁と金平牛蒡がつく。汁は千吉がおようのためにほぼ毎日つくっているものを使うことにした。

「そうかい、女房につくってやってる汁かい」

客の一人が言った。

「はい。毎日つくってます」

膳を運んできた千吉が答えた。

「若おかみは達者かい」

「そろそろ見世に出るころじゃねえか？」

「早くあのいい声を聞きてえぜ」

「『いらっしゃいまし』ってよう」

客の一人が声色（こわいろ）を遣った。

「座ってお代を受け取ったり挨拶したりするだけならできそうなので、まずはそのあたりから」

おちよが言った。

「そうかい。そりゃ楽しみだ」

「できるとこからやりゃあいいさ」

「無理しないようによ」

客が口々に言った。

ややあって、旅籠の二階のほうから声が響いてきた。

赤子の泣き声だ。

「おっ、三代目が泣いてるぜ」

「いい声だ」

客の顔に笑みが浮かぶ。

「みゃおん」

何を思ったのか、二代目のどかもないた。

「おまえまでなかなくていいから」

おちよがそう言ったから、のどか屋に和気が漂った。

三

二幕目が始まった。

呼び込みが功を奏し、泊まり客が案内されてきた。

「三代目が生まれたばかりで、うるさいようでしたらべつの旅籠にご案内いたしますが」

おちよが申し訳なさそうに言った。

「いや、うちにも孫がいるので」

「にぎやかなほうが良うございますよ」

秘仏の御開帳に合わせて江戸へ出てきたという鎌ケ谷の夫婦がそう言ってくれた。

「ありがたく存じます。助かります」

おちよは頭を下げた。

案内したおけいによると、同じ二階の部屋に荷を下ろした客は、おようの労をねぎらってからさっそく万吉をあやしてくれたらしい。これなら安心だ。

二幕目には大和梨川藩の常連が来てくれた。

二人の勤番の武士、稲岡一太郎と兵頭三之助に、筒井堂之進ことお忍びの藩主、筒堂出羽守だ。

「今日は誕生祝いを持ってきてやったぞ」

快男児が笑みを浮かべた。

「それはそれは、ありがたく存じます」

おちよが頭を下げた。

「ありがたく存じます」

厨から千吉も和す。

「本来なら武家の跡継ぎに渡すべきものだが、まあそこはそれだ」

お忍びの藩主は稲岡一太郎に目配せをした。

「これでございます」

二刀流の遣い手が風呂敷包みを解いた。

「まあ、これは」

おちよが目を瞠った。

現れ出でたのは、短刀だった。柄の部分には、麗々しい家紋が彫りこまれている。

「あそこにでも飾っておいてくれ」

お忍びの藩主は神棚を指さした。

そこにはすでに黒四組から託された十手が置かれているが、さほど大ぶりなものではないから短刀も置けそうだ。

「このようなものを頂戴して……」

あわてて手を拭きながら出てきた千吉が一礼した。

「なに、祝いだからな」

筒堂出羽守が笑みを浮かべた。

「礼はうまいもんで」

兵頭三之助が言った。

「そや。今日はそれが目当てで来たんやさかい」

お忍びの藩主が白い歯を見せた。

「承知しました。気を入れてつくります」

千吉はそう答えて厨に戻っていった。

ほどなく、肴が運ばれてきた。

「茄子の変わり田楽でございます」

おちよが皿を置いた。

「ほう。これは枝豆やな」

お忍びの藩主が覗きこむ。

「もう一つは海老のそぼろを載せてみました」

厨から千吉が言った。

「こら、うまそうや」

筒堂出羽守がさっそく手を伸ばした。

二人の勤番の武士も続く。

竹串で穴をあけた茄子を輪切りにして揚げる。それから金串を打って表面が乾くくらいにあぶる。

ほどよく仕上がったら松葉串を打ち、田楽味噌を塗って塩茹での枝豆や海老をよくたたいたそぼろを載せる。

「ああ、うまい」

お忍びの藩主が食すなり破顔一笑した。

「おいしゅうございます」

「これぞ江戸の味や」

勤番の武士たちもうなった。

続いて、鰈の薄造りが出た。

大皿に盛り付けたさまは絵のようだ。

「こりこりしていてうまいな」

お忍びの藩主はご満悦だ。

「涼味も充分です」

稲岡一太郎がうなずく。

「おや、あの声は」

兵頭三之助が顔を上げた。

赤子の泣き声が近づいてきた。

「まあ、大丈夫？」

出迎えたおちよが気づかった。

生まれて間もない万吉を抱いて、おようが旅籠から移ってきたのだ。

「平気かい？」

千吉も声をかけた。

「うん、これくらいなら」

おくるみに入った赤子を抱いたおようが答えた。

「おお、それが三代目か」

筒堂出羽守が立ち上がった。

「はい、万吉です」

若おかみが答えた。

「顔色がいいのう。もう大丈夫そうや」

お忍びの藩主が笑みを浮かべる。

「そろそろ勘定場だけやってもらおうかと」

おちよが言った。

「できることから一つずつだな。……よし、抱っこしてやろう」

大和梨川藩主が手を伸ばした。

「落としたりせぬように」

いささか危なっかしいところがあるお忍びの藩主に向かって、兵頭三之助が言った。

「分かっておるわ。……おう、よしよし」

お忍びの藩主にあやされた万吉は、喜ぶどころか火がついたように泣きだした。

「やはりおっかさんがいちばんで」

稲岡一太郎がやんわりと言う。

「そうだな。すまぬ」

筒堂出羽守はおようの手に赤子を戻した。

「よしよし、ほら、にゃーにゃだよ」

おようは座敷にいたゆきのほうへおくるみをかざした。

青い目の老いた白猫がふしぎそうに見る。

「おまえも長生きするんだよ」

おちよが孫に言った。

「あ、泣き止んだ」

千吉が声をあげた。

あれほど泣いていた赤子はぴたりと泣き止み、笑みのようなものを浮かべた。

「やはり、おれではいかぬな」

ややあいまいな顔つきで言うと、お忍びの藩主はまた腰を下ろし、肴の続きを味わいだした。

「天麩羅もお持ちしますので」

千吉が言った。

「おう、頼む」

筒堂出羽守が白い歯を見せた。

四

翌日の中食もなかなかに豪勢だった。

たっぷりの松茸ご飯にけんちん汁。これだけでも美味だが、鰈の野菜巻きが見て良し食べて良しの料理だった。

貝割菜や芽葱(めねぎ)などを同じ長さに切りそろえておく。これを上品な鰈の身で巻き、だし醤油につけて味わう。

料理人の手わざが求められるひと品だが、三代目が生まれて張り切っている千吉の動きは水際立っていた。鰈の身をきれいにおろしては、あらかじめ切りそろえておいた野菜を巻いて皿に並べる。白身から覗く青みが鮮やかで、ひときわ食欲をそそる。

「こりゃあうめえや」

「松茸ご飯がまた絶品で」

「けんちん汁も具だくさんでよう」

客の評判は上々だった。

客の波が一段落したところを見計らって、万吉を背負子に入れたおようが姿を現し、勘定場に座った。

「おっ、若おかみ、もう大丈夫かい」

「顔色がいいじゃねえか」

さっそく常連から声が飛んだ。

「はい、おかげさまで」

おようは笑顔で答えた。

「ちょっとごめんね」

空き樽の上で寝ていたゆきを少し脇にどかすと、およう は慎重に腰を下ろした。

いまは眠っているが、万吉が目を覚ましてお乳をほしがるかもしれないから、すぐ替われるようにおちよも控える。

「おう、うまかったぜ」

「無理するなよ、若おかみ」

「三代目はよく寝てやがる」

そろいの半纏の左官衆が勘定場にやってきた。

「毎度ありがたく存じます。四十文いただきます」

およう が張りのある声で言った。

「いい声だな」

「久々に聞いたぜ」

「この声を聞かなきゃ」

左官衆が口々に言う。

「また来るぜ、三代目」

客の一人が頭をなでた拍子に、万吉が目を覚ました。

勝手が違うことに気づいたのか、たちまちわんわん泣きだす。

「泣かしちゃ駄目じゃねえか」

「すまねえこって」

「まあまあ、ちょうどお乳の頃合いなので」

およう が背負子を外し、赤子を抱っこした。

「ここは替わるから」

おちよが言った。

「お願いします」

おようはそう言うと、万吉とともに裏手へ行った。

泣き声が遠ざかる。

「これでのどか屋も安泰だな」

「あとは三代目が育つのを待つばかり」

「めでてえかぎりだな、大おかみ」

客の一人がおちよに言った。

「はい、ありがたいことで」

おちよは笑顔で両手を合わせた。

五

のどか屋に三代目が誕生したといううわさは遠方にまで届いたらしい。古いなじみの常連も顔を出してくれた。

その日の二幕目には、流山の味醂づくり、秋元家の当主の弟の吉右衛門と番頭の幸次郎が泊まりに来た。江戸へあきないに出るたびにのどか屋を定宿にしてくれている。

「おめでたく存じます。みなわがことのように喜んでいますよ」

吉右衛門がしたたるような笑みを浮かべた。

「流山に見えたときはまだ十を少し出たばかりでしたのに、いまや立派なお父さまですね」

番頭の幸次郎も和す。

「ありがたく存じます。おかげさまで」

千吉は満面の笑みだ。

そのうち、隠居の季川が姿を現した。今日は大松屋の内湯に浸かってから良庵の療治を受ける日だ。

「思い出すねえ、千坊と一緒に流山へ行ったときのことを」

座敷に腹ばいになって療治を受けながら、季川が言った。

「あのときは大手柄でございました」

千吉がつくった野菜の焼き浸しを肴に呑みながら、吉右衛門が言った。

じっくり網焼きにした椎茸や青唐辛子(あおとうがらし)などを浸し汁につけこんだだけの料理だが、これがまた絶品の味わいだ。

「『あっぱれ街道』ということで、千吉さんの手柄を伝えるかわら版まで出たほどで」

幸次郎も笑みを浮かべた。

ここで、ぐずった赤子にお乳をやってきたおようが戻ってきた。

「大変だね」

隠居が労をねぎらう。

「楽しみながらやってますから」

万吉を抱いたおようが答えた。

「それがいちばん」

良庵の女房のおかねが笑顔で言った。

「ところで、流山へ行ったときは歌仙を巻いたねえ。ちょっと味噌はついたけれど」

療治を終えて、按摩の夫婦を見送ったところで、季川がふと思い出して言った。

「なら、万吉の誕生祝いに巻きますか」

おちよが水を向けた。

「そうだね。あのときは、おちよさんは入っていなかったから」

と、季川。

「手前が入らせていただきましたが、このたびはこちらの若夫婦に」

吉右衛門が身ぶりをまじえた。

よろずの道に通じている秋元家の当主の弟は俳諧も良くする。

「えっ、わたしもですか？」

おようが驚いたように問うた。

「いくたびか手ほどきをしたけれど、千吉よりずっと筋がいいんですよ」

おちよのほおにえくぼが浮かんだ。

「なら、二人で知恵を出し合ってやろう」

千吉が言った。

「吉右衛門さんも要所で加わってくださいよ」

季川が水を向けた。

「さようですか。では、ふつつかながら」

流山の味醂づくりが頭を下げた。

「よし、決まったね」

隠居が手を打ち合わせた。

「では、紙と筆の用意をしてきます」

おちよがてきぱきと動いた。

「じゃあ、肴に田楽を焼いてきますんで」

千吉も張り切った声を出した。

ややあって、味噌が焦げる香ばしい匂いが漂ってきた。

田楽が焼け、酒も来た。

紙と筆の用意もできた。

三代目の誕生祝いの歌仙の支度が整った。

六

「やはり三代目の誕生祝いだから、そこから始めないとね」

季川はそう言うと、張りのある声で発句（ほっく）を披露した。


三代目生（あ）るるめでたさ江戸の空　季川

「さあ、おちよさん、付けておくれ」

隠居はそう言うと、田楽の串を口に運んだ。

「これは香ばしゅうございますね」

番頭の幸次郎が食すなり笑みを浮かべた。

「江戸の空に舞っているものといえば……」

しばしこめかみに指をやって気を集めてから、おちよは次の付け句を発した。


正月の寿（ことぶき）いまここにあり　ちよ

「なるほど。お正月には江戸の空に『寿』と書かれた凧が舞ってましたからね」

すぐ読み解いて、およようが言った。

「さすが」

千吉が女房を持ち上げる。

「次はおまえの番だよ。おようちゃんでもいいけれど」

と、おちよ。

「初めは千吉さんが」

およようが身ぶりをまじえた。

「んーと、なら……」

千吉は思案してから次の句をひねり出した。

　ありがたしわたしもつひに父親に　千吉

千吉らしい率直な句だ。

「ほんとに、早いものねえ。ついこのあいだおまえが生まれたような気がするのに」

おちよがしみじみとした口調で言った。

「いまやひとかどの料理人だからね」

隠居はそう言うと、次の句をこう付けた。

かつて千坊いまは花板（はないた）　季川

「こうして二代目の料理を味わいながら、三代目の誕生祝いの歌仙の座に加わらせているのは、本当にありがたいことですね」

吉右衛門が言った。

その吉右衛門とおようもまじえて、歌仙はひとしきり続いた。

この子もいつかわが背丈越す　よう
田楽の焦がし加減や秋の酒　季川
くいと呑み干すいつもの座敷　ちよ
久々に来てものどかや定宿は　吉右衛門
猫の模様もとりどりにあり　季川

どの猫も江戸一の貌(かお)のどか屋は　ちよ
うまいものもとりどりにあり　千吉
舌の喜び目の喜びや華料理　季川
海の幸あり山の幸あり　ちよ
かけられる声のうれしさ「うまかった」　よう
常連たちの半纏の文字　季川
どの顔もありがたきかなご常連　ちよ
けふもおいしい料理つくらん　千吉

付け句を発した千吉が二の腕をたたいてみせたから、のどか屋に和気が漂った。

ちょうど田楽がなくなった。

千吉はいったん厨に戻り、すぐ出せる料理をつくった。

松茸の網焼きと玉子汁だ。

網焼きにして醤油をかけただけだが風味豊かな秋の味覚と、おようの産後にたまにつくってあげていた玉子汁を味わいながら、歌仙はさらに続いた。

料理人の二の腕太し山粧ふ　季川
手打ちうどんも蕎麦も自在に　ちよ
お月見は丼の中だし香る　よう
玉子料理はわれにおまかせ　千吉
「はは、それは引札になるね」
千吉の付け句を見て、隠居が顔をほころばせた。
「澄まし汁に溶き玉子を流して青みを添えただけの椀ですが、本当にほっこりしていておいしいですね」
幸次郎が感に堪えたように言った。
「そうだね、番頭さん。この味はなかなか出せないよ」
吉右衛門もうなる。
「料理人の人柄もだしに含まれているようなものだからね」
隠居が笑みを浮かべた。
それを聞いて、おようがこくりとうなずいた。
歌仙は終盤になった。

いつの日か厨に立たん三代目　季川
その日来るまで達者でをらねば　ちよ
代々の「吉」の重みや料理屋は　千吉
技を重ねてこの深き味　季川
一枚ののれんなれども重みあり　ちよ
横山町の小料理のどか屋　千吉
まづ泊まる宿のめでたさ江戸の旅　吉右衛門
客を迎へてはや幾年ぞ　ちよ

「三河町のころから数えたら、もうずいぶんになるねえ」

季川が遠い目で言った。

「横山町で旅籠付きの小料理屋を開いてからでも、たくさんのお客さんをお迎えできました」

おちよが言う。

「これからも気張ってくださいまし」

流山の吉右衛門が言った。

「三代目も」

目を覚ました万吉に向かって、番頭が声をかけた。

「では、締めにかかろうかね」

隠居が座り直して、次の句を発した。

　この先も末永く良きあきなひを　季川

「さあ、おちよさんが揚げ句だね」

季川は笑みを浮かべた。

「『三代目の巻』をきれいに締めてよ」

おようから渡された万吉をあやしながら、千吉が言った。

「分かったわよ」

おちよはぐっと顔つきを引き締めて、揚げ句を思案した。

そして、歌仙を締めくくる句を発した。

のれんを出して灯をばともして　ちよ

「のれんと軒行灯(のきあんどん)のあたたかな色が見えるかのようだね。うまくまとまったよ」

季川が最後に笑顔で言った。

第九章　幸(さち)くらべ膳

一

「ほんとにもう、ほうぼうからお祝いを頂戴して」

　おちよが軽く両手を合わせた。

　のどか屋の常連や取引先は、三代目誕生のうわさを聞いて、競うように祝いの品を届けてくれた。

　柏木村(かしわぎむら)の醸造元からは、銘酒江戸誉(えどほまれ)の大きな樽が届いた。かつての「おとっつぁんだまし」の件でのどか屋に恩義を感じている酒蔵だ。

　砂村の義助からは、またいい土で育った野菜が届けられた。

　ちょうど鱚がふんだんに入ったから、その日の中食の膳は天麩羅の盛り合わせにした。

味の濃い蓮根と甘藷、それに鱚天と松茸の天麩羅までつく。大きめの皿に盛られた天麩羅は見るからに豪勢だった。

「何から食うか箸が迷うぜ」

「おいらは松茸を残そう」

「しみったれたこたぁ言わず、松茸から食ってやらあ」

常連の植木の職人衆がわいわい言いながら食べだした。

「いらっしゃいまし」

おようが明るい声をかけた。

二幕目にはお運びも始めているが、中食はまだ勘定場だ。おけいと双子の姉妹がいるから、まかせておけばいい。

「おっ、うまかったぜ、三代目」

「寝てるのに起こしちまうぞ」

食べ終えた客が次々に声をかけていく。

「毎度ありがたく存じました」

「またのお越しを」

大おかみと若おかみの声がそろった。

「そのうち娘ができたら、そっちも三代目だな」

「にぎやかになるぜ」

客はみな上機嫌で出ていった。

千吉が気を入れてつくった中食の天麩羅盛り合わせ膳は、好評のうちに滞りなく売り切れた。

二

中食に続く旅籠の呼び込みも順調だった。

呼び込みとはべつに、のどか屋に泊まりにきた珍しい客がいた。

「まあ、名倉（なぐら）の若先生……」

おちよが目を瞠った。

「ご無沙汰しておりました」

千吉があわてて厨から出て頭を下げた。

「軽快な足の動きですね。このたびは、三代目の誕生、おめでたく存じます」

骨接ぎの名倉の若先生は祝意を示した。

若先生と言っても、もはや堂々たる壮年だ。隠居した大先生がまだ健在だから従来どおり若先生と呼ばれているが、弟子もいくたりもいる。千住の名倉と言えば、江戸の外にも名がとどろく骨接ぎの名医で、はるばると泊りがけで通っている患者も多かった。

「ありがたく存じます。おかげさまで、料理人のつとめもこなしております」

千吉はそう言って、重ねて頭を下げた。

「今日は江戸でしかつくれない療治道具の発注のために、療治を弟子にまかせて出てきたんです。おいしいものを食べさせてください」

名倉の若先生が笑顔で言った。

「はい、承知しました」

千吉はいい声で答えた。

初めの肴が出るまでに、名倉の若先生からうれしい知らせを聞いた。

千住の旅籠、松屋に住み込みで働くことになったおもんは、せがれの宗兵衛とともに達者に暮らしているらしい。ひとたびは世をはかなんで大川へ身を投げようとした女だが、のどか屋の若夫婦の働きもあって考えを改め、いまは気張ってつとめているようだ。

「さようですか。それは何よりです」

話を聞いたおちよは笑みを浮かべた。

「宗兵衛ちゃんの足も、療治の甲斐あって、少しずつ良くなっています」

名倉の若先生が伝えた。

「わたしみたいに走れるようになりますか」

厨から千吉が問うた。

おもんの子の宗兵衛も足が悪いため、かつての千吉と同じ療治道具を取り付け、三月（みつき）にいっぺん名倉へ通っている。

「まずは歩くところからですが、いずれはそうなりましょう」

名倉の若先生は笑顔で答えた。

三代目を披露したいところだったが、万吉はおようとともに寝ているようだ。時吉とおちよの部屋に布団を敷いて、いつでも寝たりお乳をやったりできるようにしてある。

職人のもとへ療治道具の発注へ行く前に、千吉が肴を運んできた。

秋刀魚の蒲焼きだ。

秋の味覚の秋刀魚はむろん塩焼きがうまいが、ひと手間加えた蒲焼きも美味だ。酒の肴には、鰻や穴子より秋刀魚の蒲焼きのほうがいいという通もいるほどだった。

「これは、ご飯が恋しくなる味ですね」

食すなり、名倉の若先生が言った。

「お待ちいたしましょうか」

おちよがすかさず水を向けた。

「では、帰りに蕎麦もたぐりたいので、軽くでお願いします」

骨接ぎの名医が笑みを浮かべた。

「承知しました」

ほどなく飯茶碗が運ばれていた。

「お茶のお代わりもどうぞ」

おちよは湯呑みも置いた。

「なら、さっそくいただきましょう」

名倉の若先生は残りの蒲焼きをご飯に載せ、わしっとほおばった。

「うん……これだけで、出てきた甲斐がありましたね」

千吉の足を治してくれた恩人がそう言ってくれたから、のどか屋の親子の顔に笑みが浮かんだ。

三

翌朝――。

朝餉の席に名倉の若先生の顔があった。

ほかの泊まり客や、朝餉だけ食べにくる大工衆などにまじり、名物の豆腐飯の膳に舌鼓を打っている。

「久々にいただきましたが、これを食すために泊まるお客さんがいるのがよく分かりますね」

名倉の若先生はそう言ってまた匙を動かした。

「お忙しいでしょうが、また何かのついでにいらしてくださいまし」

おちよが笑みを浮かべた。

「お待ちしております」

万吉を背負ったおようも控えめに頭を下げた。

朝餉に入る前に、ひとわたり万吉の体を見てもらった。足が曲がっていた千吉とは違って、どこにも気になるところはないという話だった。

「千住に通っていたころがなつかしく思い出されてきますよ」

中食の仕込みの指示まではのどか屋にいる時吉が言った。

「よく粘り強く通ってくださいましたね」

名倉の若先生はそう言うと、豆腐飯に薬味をのせ、またひとしきり胃の腑に落とした。

「あのときの粘りがあったからこそ、いまこうして気張って働けるんだから」

おちよが千吉に言った。

「ありがたいことで」

千吉が頭を下げた。

「こっちの先生は恩人かい？」

大工衆の一人がたずねた。

「千吉の足に取りつける療治器具を考案して、まっすぐ歩けるようにしてくださったんです」

おちよが答えた。

「千住の骨接ぎ、名倉の若先生で」

時吉が言葉を添えた。

「ああ、かの有名な」

「おいらだって知ってるぜ」

「そうかい。千坊の恩人だったのかい」

大工衆がさえずる。

「小さい頃から通ってくださっていました。……ああ、これは本当に口福（こうふく）の味ですね」

名倉の若先生はそう言うと、残りの豆腐飯を胃の腑に落とした。

そのうち、万吉が目を覚まして泣きだした。

「おっ、いい声だな」

「赤子は泣くのがつとめだからよ」

「またいちだんとにぎやかになったな」

大工衆はみな笑顔だ。

「はいはい、お乳ね」

おようが万吉を抱っこして旅籠のほうへ向かった。

「あとはやっとくから」

千吉がその背に声をかける。

「はあい」

若おかみのいい声が響いた。

「これで安泰ですね」

名倉の若先生は最後に味噌汁を呑み干した。

「はい、おかげさまで」

おちよのほおにえくぼが浮かんだ。

「この先も気張ってやりますので」

三代目が生まれたばかりの二代目が言った。

「またのどか屋へ来るのを楽しみにしていますよ」

名倉の若先生が笑顔で答えた。

四

その日の中食は、海山の幸くらべ膳だった。

海は秋刀魚の塩焼き、山は茸の炊き込みご飯だ。これに具だくさんの汁と小鉢と香の物がつく。

「よく出る料理でも、名づけ方でうまそうな気がするな」

「気がするんじゃなくて、食えばうめえぜ」

「外れのない組み合わせだからよ」

常連の職人衆がそんなことを言いながら箸を動かす。

そこへ、よ組の火消し衆の若い者が二人飛びこんできた。

「今日の二幕目、八つどきから祝いごとできますかい？」

「お座敷を貸し切りで？」

おちよが問う。

「へい、できれば」

「ややこができたやつがいるんで、内輪だけの祝いで」

火消し衆が答えた。

「祝言とかそういった構えた宴じゃないわけですね」

おちよが念を押す。

「勝手にくっついてややこができただけなんで」

「おいらより若えのによう」

若い火消しがいくぶん悔しそうに答えた。

「なら、鯛は入っていますので、祝いごとの料理にはなるかと」

おちよが言った。

「ありがてえ」

火消しの一人が両手を合わせる。

「中食のお膳はいかがですか？　そろそろなくなりますけど」

勘定場に座ったおようが水を向けた。

「そう言われたら、食わなきゃな」

「ここの炊き込みご飯がまたうめえんだ」

火消し衆の顔に笑みが浮かんだ。

ほどなく、膳が運ばれてきた。

占地（しめじ）に椎茸（しいたけ）に平茸（ひらたけ）。三種の茸が使われている。茸を三つ使うと、ことのほか風味が良くなる。

味の深みが出る名脇役の油揚げに加えて、今日はささがき牛蒡も控えめに入っていた。これに、尾のぴんと張った秋刀魚の塩焼きに、里芋や人参や蒟蒻（こんにゃく）など具だくさんの汁に煮豆とお浸しの小鉢がつく。

「おいら、つなぎに来ただけだったのによ」

「うめえもんを食えて良かった」

若い火消し衆は満足げに言った。

「では、お待ちしておりますので」

「またのちほど」

大おかみと若おかみが笑顔で見送った。

五

「おう、世話になるぜ」

よ組のかしらの竹一(たけいち)がいなせに右手を挙げた。

「今日はここの三代目の祝いでもあるからよ」

纏持(まといも)ちの梅次(うめじ)が言う。

「お待ちしておりました」

おちよが頭を下げた。

「どうぞお座敷へ」

おようが身ぶりをまじえた。

背には万吉を負うている。ずっと背負っていると、赤子の重さでも肩が凝ってくるから、折にふれて下ろしておちよか千吉があやすようにしていた。

「おっ、三代目だな」

「ちょいと見ていいかい」

火消し衆が群がってきた。

「ええ、どうぞ」

おようが背負子から下ろし、眠そうな顔をしている万吉をなじみの火消し衆に見せた。

いまはよ組の縄張りではないのだが、昔のよしみでこうしてのどか屋に通ってくれている。

「おとっつぁんに目元がそっくりだな」

「いや、おっかさんにも似てるぜ」

「いいとこどりだな」

火消し衆が口々に言った。

「せっかくだから、座敷にいてくんな」

竹一が言った。

「お運びはわたしたちがやるから」

おちよがおけいのほうを手で示す。

「さようですか……では」

少し迷ってから、若おかみは三代目とともに座敷に上がった。

「おいらの祝いなんですが」

若い火消しがおのれの胸を指さした。

「おめえの女房と赤子をつれてくるわけにもいかねえからよ」

「おめえの祝いはだしみてえなもんだから」

「そうそう。うめえ肴を食って、酒が呑めればそれでいいんだから」

火消し衆が率直に言った。

「ま、兜焼き（かぶとや）なんぞはおめえにやろう」

梅次が言った。

「なら、それで手を打ちましょう」

若い火消しが両手を軽く打ち合わせた。

酒に続いて、料理が次々に運ばれてきた。

まずは縁起物の鯛の活け造りだ。千吉の包丁仕事がさえる皿が座敷に運ばれるたびに歓声がわいた。

「小鯛の塩焼きと潮汁（うしおじる）もお出ししますので」

ねじり鉢巻きの料理人が言った。

「三代目が生まれて、ひときわ気が入ってるな」

「いい面構え（つらがまえ）になってきたぜ」

「ちょっと前まで『千ちゃんが』とか言ってたのによう」

よ組の火消し衆がさえずる。

「ほんとに早いもので」

おちよが言った。

「よし、あとで纏ごっこをしてやるからな」

纏持ちの梅次が上機嫌で言った。

「なら、甚句（じんく）もやんねえとな」

かしらが乗り気で言う。

「おいらの甚句ですか」

若い火消しが右手を挙げた。

「おめえはただ子ができただけじゃねえか」

「そりゃめでてえがよ」

「甚句にするほどのことじゃねえぜ」

「のどか屋の三代目の甚句に決まってるじゃねえか」

たちまちほうぼうから声が飛んできた。

「はあ、すんません」

若い火消しは首をすくめた。

「まあ、もうちょっと呑んでからだな」

竹一はそう言うと、つがれた酒をくいと呑み干した。

料理は次々に出た。

小鯛の塩焼きに潮汁、それにおめでたい紅白蕎麦もふるまわれた。

子ができた若い火消しには、こんがりと焼けた鯛の兜焼きが供された。

「主役みてえだな」

「今日だけだぞ」

そう冷やかされながらも、若い火消しは兜焼きをうまそうに食していた。

機は熟した。

よ組の宴には欠かせない甚句だ。

かしらの竹一がおもむろに立ち上がる。

「よし、おいちゃんが纏をやってやろう」

梅次が万吉に手を伸ばした。

「はい、だっこしてもらって」

おようが渡す。

「落っことさねえようにするからよ」

纏持ちが白い歯を見せた。

「なら、始めるぜ」

よ組のかしらは両手を打ち合わせるなり、鍛えの入ったのどを披露しはじめた。

江戸のほまれは数々あれど　（やー、ほい）
旅籠付いたる小料理屋　（ほい、ほい）
朝餉、中食、二幕目まで　（やー、ほい）
どれも美味なり　のどか屋は　（ほい、ほい）

合いの手をまじえて甚句は進む。

梅次が万吉を纏に見立てて、泣きださないように気を遣いながらゆする。

「おめえも来い」

若い火消しがちょうど通りかかった小太郎をひょいと持ち上げ、同じように纏に見立てたから、のどか屋に笑いがわいた。

銀と白の派手な縞模様のある猫は、きょとんとした顔でなすがままになっている。

甚句は続く。

厨守るは　二代目千吉　（やー、ほい）
できた女房の　およう得て　（ほい、ほい）
ひときわ気張る　その姿をば　（やー、ほい）
神は見てたか　授けたり　（ほい、ほい）
その名も万吉　三代目なり　（やー、ほい）

これでのれんは　末々まで　（ほい、ほい）
商売繁盛　間違いなしよ　（やー、ほい）
めでためでたの　のどか屋よ　（ほい、ほい）

合いの手にひときわ力がこもった。

甚句が終わるのを待っていたかのように、万吉がわんわん泣きだした。

「おう、終わったぜ」

「すまなかったな」

声が飛ぶ。

「はいはい、お疲れさまね」

おようの手に万吉が戻った。

「お乳をもらっといで」

千吉が声をかけた。

その声を聞いて、赤子はまた元気な泣き声をあげた。

六

翌日の長吉屋――。

一枚板の席には、季川と鶴屋与兵衛の二人の隠居、それに、狂歌師の目出鯛三の姿があった。

「昨日は、よ組の火消し衆が見えて、万吉の誕生祝いの甚句を披露してくださったそうです」

炊きあがったばかりの松茸ご飯をよそいながら、時吉が言った。

「それは何よりだね」

季川が笑みを浮かべた。

「めでたいことばかりで」

目出鯛三の表情も和らぐ。

先だって庄内から文が届いた。領地替えが首尾良く沙汰止みとなり、殿様がとどまることになった庄内藩では、ほうぼうで秋祭りが催され、酒宴が続いているらしい。

この先、幕府から難題をふっかけられる恐れはあるが、まずはめでたいかぎりだ。

「これであとはここのあるじが江戸へ戻ってくればねえ」

季川が指を下に向けた。

「そろそろ戻るといいですね、師匠」

時吉と一緒に厨に入っている信吉が言った。

「文は宮島から一度来たきりで」

時吉が苦笑いを浮かべた。

「そこから遠くへは行っていないんだから、おっつけ帰ってくるさ」

季川が言った。

「曾孫ができたっていう虫の知らせでもあればいいんですがね」

与兵衛がそう言って、猪口の酒を呑み干した。

「周りの心配をよそに、ふらりと帰ってきそうですが」

時吉はそう言うと、最後に目出鯛三に松茸ご飯を出した。

「松茸もさることながら、銀杏も利いてるね」

季川が満足げに言った。

「松茸も深い味わいです」

鶴屋の与兵衛がうなる。

松茸を酒につけ、味のしみた酒とともに炊きこむ。こうすればことに風味豊かな仕上がりになる。

「脇役の油揚げもいい仕事ですよ」

目出鯛三が白い歯を見せた。

「今日は長吉屋、明日は療治を兼ねてのどか屋、連日のうまいもの三昧(ざんまい)だね」

隠居の白い眉がやんわりと下がる。

「そのうちまた、二代目の料理も食べに行かないとね」

与兵衛が乗り気で言った。

「そういたしましょう」

目出鯛三も和す。

「ぜひお越しくださいまし」

時吉が笑顔で答えた。

七

翌日の中食――。

三代目が生まれた千吉は、ねじり鉢巻きでまた気の入った膳を出した。

膳の顔は蓮根のはさみ揚げだ。

海老のすり身を蓮根ではさみ、さらに大葉で巻いてこんがりと揚げる。なにぶん手間がかかるから、おちよは手が遅れることを案じていたが、千吉の手の動きは実に鮮やかだった。

椀はいつもより大ぶりだった。水団の味噌汁だ。水団を茹でた湯に味噌を溶き、小口切りの葱を散らす。ねろねろした水団がおいしい野趣にも富んだ味噌汁だ。腹にもたまる。

これに切り干し大根の煮付けと香の物がつく。いつもながらのにぎやかな膳だ。

「さくさく、ねろねろでうめえな」

「はさみ揚げの海老がうめえ」

「揚げ加減もちょうどいいぜ、二代目」

客から声が飛んだ。

「ありがたく存じます」

膳をおおむね出し終えた千吉がいい声を発した。

旅籠の呼び込みも上々で、隠居が泊まる一階を含めて部屋はおおむね埋まった。

二幕目には、元締めの信兵衛と大松屋のあるじの升太郎が顔を見せた。そのうち、座敷では良庵による隠居の療治が始まった。腰を据えて呑みだした泊まり客もいたから、厨の千吉は中食に引き続いて大忙しだ。

おようは万吉を寝かしつけてから一緒に寝ているようだ。夜にも赤子の泣き声が響くようになったのどか屋だが、いまは静かだ。

「うちもそうだけど、旅籠のお客さんからときどき文句を言われてねえ」

大松屋のあるじがややあいまいな顔つきで言った。

「ただうるさいだけだと思うお客さんもいらっしゃいますからね」

と、おちよ。

「そうそう。わたしにとっちゃかわいい孫でも、お客さんにはそうじゃないから」

升太郎が言った。

「それは致し方ないねえ」

良庵の療治を受けながら、隠居が言った。

ここで天麩羅が揚がった。

舞茸（まいたけ）と鱚だ。

千吉とおちよが手分けして運ぶ。

「そろそろ療治が終わりますので」

良庵が隠居に声をかけた。

「匂いだけだと殺生だからね」

と、隠居。

「ご隠居さんの分はこれから揚げますんで」

千吉が言った。

「ありがたいね」

季川が笑みを浮かべた。

「ちょうどいい塩加減と揚げ加減だね」

元締めが言った。

「舞茸は塩胡椒(しおこしょう)をきつめにするのが骨法(こっぽう)ですな。……うん、これはうまい」

大松屋のあるじが満足げに言った。

ややあって療治が終わり、按摩とその女房を見送ったあと、季川もおもむろに呑みだした。

升太郎は大松屋へ戻り、元締めも巴屋のほうへ向かった。しばらく酒肴を味わっていた泊まり客も両国橋の西詰へ出かけていった。

これで静かになるかと思いきや、逆だった。万吉が目を覚ましたらしく、泣き声がだんだん大きくなってきた。

「おはよう」

千吉が笑って迎える。

おようにだっこされた赤子は大泣きだ。

「あらあら……」

そう言って近づこうとしたおちよは、ふと妙な顔つきになった。

「みゃあ」

二代目のどかが身をすり寄せてなく。

「何かしら、この感じは」

猫の首筋をなでると、おちよは胸に手をやった。

この感じは、ひょっとしたら……。

おちよの予感は正しかった。

勘ばたらきの鋭いおちよが感じたのは、虫の知らせだった。

ほどなく、外に人の気配がした。

のれんがふっと開く。

「おう」

渋くひと声発して姿を現したのは、長吉だった。

第十章　穴子(あなご)づくし

一

「おとっつぁん……」

おちよは目を瞠った。

のどか屋ののれんをくぐってきたのは、父の長吉に相違なかった。

「大師匠(おお)！」

千吉があわてて出てきた。

かつては「じいじ」と呼んでいたが、いまは「大師匠」だ。

「おう、いま帰(けえ)った」

長吉は軽く右手を挙げると、座敷の上がり口にどっかりと腰を下ろして脚絆(きゃはん)を解いた。

「無事のお帰りで」

一枚板の席から、隠居が言った。

「ご隠居さんも達者そうで」

長吉は笑みを浮かべた。

「また長さんの料理を食べなきゃと思ってね」

季川が答えた。

ここで、長吉が気づいた。

「その子は、ひょっとして……」

おようがあやしている赤子へ目をやる。

「おとっつぁんの曾孫よ」

おちよが情のこもった声で告げた。

「そうか。子ができたのか、千吉」

孫に向かって言う。

「おかげさまで」

のどか屋の二代目は満面の笑みで答えた。

「おようちゃんが気張ってくれたので」

おちよが手で若おかみを示す。

おようが笑みを浮かべてうなずいた。

「そうかい。そりゃ働きだったな」

長吉が労をねぎらった。

「ありがたく存じます」

若おかみは頭を下げると、慎重に赤子を運んだ。

「ほら、ひいじいちゃんにだっこしておもらい」

おちよが言った。

「おう、来な」

長吉は手を伸ばした。

「どっちだい」

母のおように問う。

「男の子です」

おようはそう答え、長吉に赤子を渡した。

「名は万吉とつけました」

千吉が得意げに告げた。

「千の上なので」

おちよが言い添える。

「そうか。いい名をもらったな」

長吉は目を細めた。

「おっかさんとおとっつぁんのいいとこどりで」

と、おちよ。

「なるほど。こりゃいい面構えだ。まあ、そうは言っても、役者とかにはなれそうもねえがよ」

万吉の顔をしげしげと見て、長吉は言った。

すると、その様子が嫌だったのか、赤子はだしぬけにわんわん泣きだした。

「いけねえ。泣かしちまった」

長吉がおろおろして言う。

「さ、こっちへ」

おようが心得てまた手を伸ばした。

「まあ、積もる話もあるだろうから、こっちで呑みましょうや」

隠居が一枚板の席を手で示した。

「そうですな」

長吉屋のあるじはうなずいた。

「泊まり部屋はあるから、ゆっくりしていけば？」

おちよが水を向ける。

「ああ、そうだな。いま駕籠で戻ったら時吉と行き違いになっちまうだろうしな。今日は泊まるか」

長吉は乗り気で答えた。

「なら、部屋へ荷を運ぶので、呑みはじめてて」

おちよは笑みを浮かべた。

「おう、頼む」

帰ってきた料理人は軽く右手を挙げた。

「肴はこれからつくりますんで」

千吉が二の腕をたたく。

万吉は相変わらずぐずっていた。新米（しんまい）の母がいくらあやしても、いっこうに泣き止まない。

「戻って乳でもやんな」

長吉が言った。

「はい。では、そうします」

およう はほっとしたように言うと、旅籠のほうへ向かった。

「なら、わたしも荷物運びで」

おちよも続く。

「かさばるから、土産はほうぼうの御守りだけだ。明日帰る前に渡すから、好きなのを選んでくれ」

長吉が言った。

「それはありがたいことで」

おちよが両手を合わせた。

二

そのうち、ほかの旅籠の見廻りを終えた元締めの信兵衛も姿を現した。

隠居の季川とともに一枚板の席に陣取り、長吉の長旅の土産話をじっくり聞く構えになった。

「諸国のお弟子さんはどうでした」

信兵衛が問うた。

「まあいろいろですな。安芸の宮島の弟子みてえに、行ったら先に死んじまってたやつもいてね」

長吉はそう言うと、猪口の酒を苦そうに呑んだ。

「達者にやってるところもあったんだろう？」

隠居が訊く。

「もちろん。そういうところは大歓待で、行って良かったと思ったけれど、なかには左前になってのれんをしまってるところもありましてねえ」

長吉はあいまいな顔つきで答えた。

「同じのれんを続けるのは大変だから」

おちよが言った。

「おめえんとこはよく続いてるな」

と、長吉。

「いろんな人たちの助けのおかげで」

　おちよのほおにえくぼが浮かんだ。

「そうそう、またお手伝いの娘さんたちが入ったの」

　父に告げる。

「双子の娘さんなんだよ。おちよさんに縁があった子たちでね」

　隠居が言った。

「江美ちゃんと戸美ちゃんっていう名なの。中食の膳運びと泊まり部屋の呼び込みをやってもらってる」

　と、おちよ。

「呼び込みは建て増しをした巴屋のほうでね」

　元締めが言った。

「へえ、巴屋が建て増しを。今浦島（いまうらしま）の気分だな」

　長吉は苦笑いを浮かべた。

　ここで千吉が肴を運んできた。

「今日は豆腐づくしで」

　千吉はそう言って黒塗りの椀を置いた。

「お、八杯（はちはい）豆腐だな」

長吉が見るなり言った。

豆腐を長細く切り、じっくりとあたためて器に盛る。その上から、醬油と酒で味を調えた昆布だしを張り、たっぷりの大根おろしを添えて供する。

だし六杯、酒一杯、醬油一杯の割りで煮るから八杯豆腐だとも、一丁の豆腐から八人分とれるからその名がついたとも言われている。いずれにせよ、風が冷たくなってきた時分にはありがたい料理だ。

「はい、甘辛い江戸の味つけで」

千吉が笑みを浮かべた。

「上方も尾張（おわり）もうめえもんはいろいろあるんだが、やっぱり時には江戸の味が恋しくなってよう」

長吉はそう言うと、孫がつくった八杯豆腐を口に運んだ。

「うん……うめえ」

その言葉を聞いて、千吉はほっとしたような顔つきになった。

豆腐づくしはさらに続いた。

焼いた豆腐に辛子味噌をたっぷりかけた礫（つぶて）豆腐、ほっこりとした味つけの茸と豆腐の茶碗蒸し、どちらも好評だった。

「腕が上がったじゃねえか、千吉」

長吉は満足げに言った。

「早指南の書物も書かなきゃいけないからね」

元締めが言った。

「早指南の書物？」

長吉はけげんそうな顔つきになった。

「おとっつぁんの留守のあいだに、小伝馬町の書肆の灯屋さんからそういう話があったのよ」

おちよが告げた。

「千吉が書物を書くのか？」

長吉はなおもいぶかしげに問うた。

「いえ、筆を執るのは目出鯛三という狂歌師の先生で、その元になる料理指南の紙を書きためてるところなのよ」

おちよは答えた。

「なら、見本を持ってくるよ」

千吉がすかさず動いた。

ほどなく、かなりの量になってきた早指南の紙が運ばれてきた。

三

「なるほど。うめえことを考えたな」

紙をあらためながら、長吉が言った。

「季節や食材ごとに並べ替えるだけでも書物になると思うんで」

千吉が言った。

「これ、駄目よ」

紙に前足を出して遊ぼうとしたしょうに向かって、おちよが言った。

「おまえも駄目」

千吉は小太郎に言った。

「猫はみな達者か？」

長吉が問うた。

「おかげさまで。いちばん歳のあの子もまた夏を越せたので」

酒樽の上で気持ちよさそうに寝ているゆきを、おちよは指さした。

「わたしと長生き比べだよ」

一枚板の席から隠居が言った。

寝ているゆきのしっぽがわずかに動く。

「おとっつぁんも長生き比べに入って」

おちよが言った。

「まあ、それなりにな」

なおも紙をあらためながら、長吉は答えた。

「煮る、焼く、蒸す、揚げるなどでも分けられますので」

千吉がなおも説明する。

「だったら、いくらでもできるじゃねえか」

と、長吉。

「おとっつぁんの名がいちばん大きいから、選ぶときにひとわたり目を通して助言してあげて」

おちよが言った。

「おれの名も出るのか」

長吉は少し顔をしかめた。

「そりゃ、長吉屋に来た仕事だからね。書くのは狂歌師の先生でも」

隠居が言った。

「書物には大看板が要るので」

元締めも笑みを浮かべた。

「とんだ看板だよ」

そう言いながらも、長吉はまんざらでもなさそうな顔つきだった。

「なんにせよ、早指南の書物はおとっつぁんにも力を貸してもらわないと」

猫のえさの支度をしながら、おちよが言った。

「どうかよしなに」

千吉が頭を下げた。

「分かったよ。なら、干物でも焼いてくれるか。豆腐料理もいいが、急に魚が食いたくなった」

長吉が所望した。

「承知で」

のどか屋の二代目がいい声で答えた。

四

のどか屋ののれんがしまわれ、長吉が焼いた干物を食し終えた頃合いに時吉が戻ってきた。

「おう」

長吉が渋く笑う。

「師匠……」

時吉は目を瞠った。

「長々とすまなかったな」

帰ってきた料理人が言った。

「今日お帰りで？」

時吉の顔にはまだ驚きの色が浮かんでいた。

「さっき帰ってきたの」

おちよが笑顔で告げた。

「曾孫も見せてもらったぜ」

長吉はそう言うと、元締めがついだ酒を呑み干した。

「さようですか。無事のお帰りで何より」

時吉はほっとしたように言った。

「で、今日はうちに泊まるとして、今後はまた長吉屋のあるじに戻るんでしょう？」

おちよが訊いた。

「おれはもう半隠居だからよ」

長吉は首を軽く横に振った。

「なら、うちの人が引き続き通いで？」

おちよは時吉のほうをちらりと見て言った。

「まあ、たまにはおれも板場に立つから、休みは増やしてやるがよ。千吉の腕も上がったことだし、もうちっとうちを助けてくんな」

長吉は娘婿に言った。

「承知しました。浅草まで通うのはそんなに大儀でもないので」

時吉は快く請け合った。

「ありがてえ」

長吉はそう言うと、千吉が出した茸の当座煮を口に運んだ。

　三種の茸と油揚げを醤油で煮つけ、炒った銀杏を散らしただけの肴だが、三日はもつから重宝(ちょうほう)する。飯に載せても、茶漬けにしてもいい。

「近くに隠居所でも建てればどうだい」

　季川が水を向けた。

「いや、わざわざ建てるのもどうかと」

　長吉はあまり乗ってこなかった。

「だったら、良さげな離れなどが見つかったら紹介いたしましょうか」

　今度は元締めが言った。

「ああ、それなら頼みますよ」

　長吉は笑みを浮かべた。

「急ぐ話じゃないから、じっくり探せばいいやね」

　と、隠居。

「そのうちいいところが見つかるわよ」

　おちよも和す。

「しばらくは江戸でゆっくりするが、落ち着いたら近場の弟子の見世もたずねてやらねえとな」

長吉はそう言うと、また猪口の酒を呑み干した。

「深川とか行徳とか、いろいろありますからね」

時吉が次の酒をついだ。

「いや、房州や佐原などにも散らばってるからな。日光のほうにもいる。身の動くうちに廻ってやらねえと」

長吉が言った。

「元気ねえ、おとっつぁん」

半ばあきれたように、おちよが言った。

「まだまだ達者で過ごせるよ、長さん」

隠居が太鼓判を捺した。

「旅の途中で湯治場にもたびたび行ったから、かえって足腰の具合が良くなってきましてね」

と、長吉。

「それは何より」

おちよが笑みを浮かべた。

ここでおようがまた万吉とともに姿を現した。

「おっ、機嫌は直ったか」

長吉が訊いた。

「だいぶ寝たので、いまは上機嫌です」

おようが答える。

「ほら、怖くないから、また抱っこしておもらい、万吉」

厨の掃除を終えた千吉が出てきて言った。

「また泣かせたらすまねえな」

そう言いながらも、長吉は曾孫に手を伸ばした。

「いい子ね」

おようが渡す。

「あ、今度は泣かないよ」

千吉が言った。

「慣れてきたみたいね」

と、おちよ。

「ほら、江戸へ帰ってきた曾爺さんだぞ」

長吉が万吉の顔をのぞきこんだ。

その表情が怖かったのかどうか、少し遅れて、のどか屋の三代目はまたわんわん泣きだした。

五

翌朝――。

朝餉の場に、長吉の顔があった。

隣にはゆうべは泊まりだった隠居の季川もいる。

「久々に食うと心底ほっとするな」

豆腐飯を食す手を止めて、長吉が言った。

「江戸の味だからね」

隠居が笑みを浮かべる。

「味噌汁もうめえや」

長吉は椀を置いた。

「見慣れねえ顔だが、泊まりかい？」

常連の大工衆の一人が問うた。

「わたしの大師匠で」

千吉が身ぶりで示した。

「諸国のお弟子さんのもとをたずねていて、昨日、久方ぶりに江戸へ帰ってきたばかりなんです」

おちよが言葉を添えた。

「そうかい。そりゃ失礼なことを」

大工が頭を下げた。

「孫の見世に来ていただいて、ありがてえことで」

長吉は笑顔で答えた。

「わたしの見世じゃないですから」

千吉はあわてて言った。

「時吉はうちと掛け持ちでやってるんだから、ここはおめえの見世みてえなもんじゃねえか」

厨で手を動かしている時吉のほうをちらりと指さしてから、長吉が言った。

「いやいや、まだ荷が重いので」

と、千吉。

「もうあるじの面構えだぜ」

「味もいいしよう」

「三代目も生まれたんだから、ここは二代目の見世でいいじゃねえかよ」

大工衆が口々に言った。

「まあ、とにかく精進（しょうじん）します」

千吉はぺこりと頭を下げた。

「向後（こうご）もひいきにしてやってくださいまし」

長吉が笑みを浮かべて言う。

「おれらは食うだけだからよ」

「いくらでも通ってやるぜ」

「のどか屋の豆腐飯は江戸一だからよ」

気のいい大工衆の声が響いた。

六

「なら、また来るぜ」

長吉はそう言って、万吉のほおを軽くつついた。

「また泣いちゃうよ、おとっつぁん」

おちよがたしなめる。

「だいぶ慣れてきたわね」

おようが抱っこした赤子に言った。

「次はお食い初めで」

千吉が白い歯を見せた。

「わたしと二人が立ち合いだと、まるで寿老人と福禄寿みたいだが」

隠居が笑った。

「いや、ご隠居よりはだいぶ若いので」

長吉があわてて言ったから、のどか屋に和気が漂った。

そのうち、中食に備えておけいと双子の姉妹がやってきたから、土産の御守を一つずつ渡した。

大坂の住吉大社、京の八坂神社、尾張の熱田神宮などなど、行く先々で買ってきた土産の御守だ。

駕籠で隠居所まで戻る季川を見送ったあとは、時吉と二人で浅草へ向かった。

「途中でたちの悪い風邪を引いたときは、もう江戸には戻れねえかもしれねえと覚悟したがよ」

家並みをしみじみとながめながら、長吉が言った。

「旅先で具合が悪くなったら心細いですからね」

いつもよりゆっくり歩きながら、時吉は答えた。

「長旅の途中にゃいろいろあったが、何にせよ江戸へ戻れて重畳だ」

長吉は笑みを浮かべた。

「旅の土産の料理を教えてくださいまし」

と、時吉。

「まあそれなりには仕入れてきた。弟子のところを廻るのが眼目だったがな」

長吉は答えた。

「『諸国料理早指南』もいけそうですね」

時吉が案を出した。

「あんまりあれもこれもと欲張らねえほうがいいぜ」

古参の料理人がクギを刺した。

「はい」

時吉は殊勝に答えた。

そんな調子で話しながら歩いているうち、なつかしい見世が見えてきた。

「おう、あるある」

「わたしが守ってきましたから」

長吉がのれんを指さした。

時吉が笑みを浮かべた。

「すまなかったな。おめえが通いで花板をつとめてくれたおかげで、長吉屋ののれんが続いたぜ」

古参の料理人は情をこめて言った。

「さすがにほっとしました」

時吉は胸に手をやった。

いよいよ見世が近づいた。

「ああ、帰ってきた」

長吉の声に、いっそう感慨がこもった。

七

弟子たちも女衆も、あるじの帰還をこぞって喜んだ。女衆のなかには涙を流す者もいたほどだった。

「すまなかったな、長々と」

長吉はそう言いながら、土産の御守を一人ずつ渡していった。

「無事のお帰りで何より」

脇板の大吉が笑みを浮かべた。

四十代も半ばになった古株の料理人だ。一時はのれん分けの話もあったのだが、この水が合うのか、どうやらこのまま長吉屋に骨を埋めそうだ。

「おう、みな達者そうだな」

仕込みの手を止めて集まってきた弟子たちの顔を見ながら、長吉は言った。

脇鍋格の捨吉、椀方頭の梅吉、煮方頭の仁吉に脇で支える礼吉、千吉の兄弟子の信吉と弟弟子の寅吉、ほかの料理人もみな殊勝な面持ちで帰ってきたあるじを出迎えた。

「おれのわがままで長々と留守にしちまったが、そのあいだよく時吉を盛り立ててやってくれた。礼を言うぜ」

古参の料理人は頭を下げた。

「また毎日厨に立たれるんですかい？」

大吉が問うた。

「年寄りに無理言っちゃいけねえや」

長吉は苦笑いを浮かべた。

「まあ、たまには厨にも入るが、ここのあるじは娘婿の時吉みてえなもんだと思ってくんな。前より休みは増やしてやるけどよ」

古参の料理人が言った。

「師匠はそのうち、近くに隠居所を構えて、たまに見世に顔を出して料理の指南をされることに」

時吉が言った。

「わざわざ建てるんじゃねえぜ。いいところが見つかったらの話だ」

長吉がすぐさま言った。

「何にせよ、これで長吉屋も安泰です」

脇板の大吉がほっとしたように言った。

「おめえらも、引き続き気張ってくんな」

帰ってきた料理人の声に力がこもった。

「へい」

「承知で」

弟子たちが引き締まった表情で答えた。

八

翌日――。

長吉屋の一枚板の席の厨に、長吉と時吉が並んだ。

「並んでるところを見るのは久々だな」

そう言ったのは、黒四組のかしらの安東満三郎だった。

「老骨に鞭打って、もうちっとやらせてもらいまさ」

長吉が笑みを浮かべた。

「さすがは明石の土産料理ですね。うまいです」

蛸飯（たこめし）を食した善屋のあるじの善蔵が言った。

「弟子の見世で出ていた料理ですが、やっぱり本場の蛸のほうが上ですね」

長吉がいくらか残念そうに言った。

「塩はうちも本場の播州赤穂（ばんしゅうあこう）ですが」

時吉が言う。

「蛸の味の濃さが本場とは違う」

と、長吉。

「うん、甘え」

あんみつ隠密が言った。

例によって、蛸飯に味醂をどばどば回しかけている。蛸の味などはまったくもって二の次だ。

「ほかにも土産料理が出ましょうか」

善蔵が問うた。

「安芸の宮島で出た穴子の白焼きを、と。弟子はもう死んでいて、見世もしまうことになっちまったんですが」

長吉が感慨深げに答えた。

「それは……形見のようなものですね」

と、善蔵。

「こればっかりは、さだめなので」

長吉がしみじみと言った。

「形見の料理は残るからよ」

黒四組のかしらが渋い笑みを浮かべた。

「そのうち宮島の穴子飯も出しますよ」

古参の料理人が笑みを返した。

その日はいくつか宴が入っていた。

長吉と時吉は、一枚板の席の料理ばかりでなく、宴の姿造りなども手際よくつくっていた。

「水野様の肝煎りの『天保の改革』とやらで、ここんとこ、また華美な料理は目の敵にされだしたから気をつけてくんな」

あんみつ隠密が言った。

「前にお咎めを受けてるんで、そのあたりはほどほどに」

ややあいまいな顔つきで、長吉は答えた。

「目の敵にするところが違うような気もしますが」

善屋のあるじが言う。

「芝居や寄席なども窮屈なことになってきているようです」

時吉がそう言ったとき、のれんが開き、新たな客が二人入ってきた。

長吉屋に姿を現したのは、灯屋の幸右衛門と狂歌師の目出鯛三だった。

九

「お帰りをお待ちしておりました。灯屋のあるじで幸右衛門と申します」

小伝馬町の書肆のあるじがていねいに頭を下げた。

「灯屋さんの早指南ものの仕事もさせていただいている狂歌師の目出鯛三です。こちらの書物では、勝手ながら長吉屋さんも採り上げさせていただきました」

目出鯛三はそう言って、『浅草早指南』を差し出した。

「それはそれは、ありがたいことで」

古参の料理人が受け取る。

「手前の旅籠まで載せていただいて、ありがたいかぎりで」

善屋のあるじが笑みを浮かべた。

「それで、次は料理の早指南ものをと存じまして、時吉さんと跡取りの千吉さんにお声がけさせていただいた次第で」

幸右衛門がよどみなく言った。

「孫から『早指南の紙』を見せてもらいました。気張ってやっているようで」

長吉が答えた。

「実際に書くのはわたくしがやらせていただきますので」

目出鯛三が軽く右手を挙げた。

「おれに書けと言われても困りますんで」

厨で手を動かしながら、長吉が答えた。

「千吉がひとわたり紙をつくり終えたら、目出鯛三先生にお渡しして一冊に仕上げていただくという段取りで」

時吉が言った。

「なら、おれの仕事はねえな」

長吉が笑みを浮かべた。

「いや、お目を通していただいて、ここが違う、ここはこうしたほうがいいというご助言を賜(たまわ)れれば朱を入れますので」

目出鯛三が如才なく言った。

「書き物に目を通すんですか」

長吉がいくらかあいまいな顔つきで訊いた。

「何でしたら、うちの部屋でも使って、ちよに読み上げさせればどうかと」

時吉が案を出した。

「ああ、なるほど。それなら口だけ出してりゃいいからな」

長吉は乗り気で言った。

「呑みながらでもできるぜ」

あんみつ隠密がそう言って、猪口の酒を呑み干した。

「急に気が楽になりましたよ」

帰ってきた料理人が笑みを浮かべた。

ここから料理が矢継ぎ早に出た。

まずは安芸の宮島、大川(おおかわ)やの名物だった穴子の白焼きだ。

「死んだ弟子の形見みてえなもんで」

長吉がそう言って皿を下から出した。

「煮穴子と天麩羅もお出しします。その前に……」

時吉は黒四組のかしらに肴を出した。

「おれはこれがいちばんだからな」

安東満三郎がさっそく箸を伸ばしたのはあんみつ煮だった。

すぐできる油揚げの甘煮がいちばんの好物なのだから、手がかからないといえばかからない御仁だ。

「ちょうどいい焼き加減と塩加減で」

幸右衛門が笑みを浮かべた。

「山葵を載せると、絶妙ですね」

目出鯛三も和す。

「弟子も浮かばれます」

長吉がしみじみと言った。

ここで時吉の肴が仕上がった。

穴子の照り煮だ。

白焼きより手間がかかる。半分ほどに切った穴子に竹串を三、四本通す。これに粉をはたき、平たい鍋に油を引いて、両面をこんがりと焼く。

油を紙で拭き取ってから、酒と味醂と醤油を入れ、煮汁をからませながらじっくりと煮る。

竹串を抜いて器に盛り、青みをあしらえば出来上がりだ。

「これはやわらかく煮えておりますね」

灯屋のあるじが相好(そうごう)を崩した。

「白い飯が恋しくなります」

善蔵が続く。

「お出しいたしましょうか」

時吉が水を向けた。

「では、控えめに」

「わたしもいただきましょう」

狂歌師の手も挙がった。

「この味つけなら、安東さまもいけるでしょう」

長吉が言った。

「そうかい、甘いかい」

あんみつ隠密が少し身を乗り出した。

「味醂をさらにかければ大丈夫でしょう」

長吉はさっそく手を動かした。

飯が出た。

「ああ、これは口福の味で」

善屋のあるじが満足げに言った。

「ぜひとも早指南ものに載せたいですね」

目出鯛三も笑みを浮かべた。

「うん、甘え」

最後にあんみつ隠密の口からお得意の台詞（せりふ）が飛び出した。

あるじが長旅から帰ってきた長吉屋に、おのずと和気が漂った。

終章　万吉飯（まんきちめし）

一

木枯らしが冷たいある日――。
のどか屋の前にこんな貼り紙が出た。

けふの中食
万吉ちらし
きのこ、さんま、たまごなど
具だくさんのちらしずし
けんちん汁つき

四十食かぎり　四十文にて
けふの二幕目、お食ひぞめのため、おざしきかしきりです

「お食い初めか。早えもんだな」

なじみの左官衆の一人が貼り紙を指さして言った。

「それで、万吉ちらしなのか？」

「食ってみりゃ分かるさ」

そんな話をしていたところへ、当の万吉を背負った若おかみがのれんを片手に姿を現した。

「お待たせいたしました。中食、始めさせていただきます」

おようは明るい声で告げた。

「おっ、三代目の名がついたちらし寿司だな」

「そりゃ楽しみだ」

左官衆はのれんがかかる前に見世に入った。

「いらっしゃいまし」

「空いているお席へどうぞ」

おちよとおけい、江美と戸美、のどか屋の女たちの声が響き、のどか屋はたちまちにぎやかになった。

「おっ、今日は二人がかりかい」

厨を見て、左官衆の一人が言った。

「そりゃそうだろう。お食い初めがあるんだから」

「あ、そうか」

「万吉ちらしの名のいわれは何でえ」

一人が問う。

「具だくさんの料理には『万吉』という名をつけてやろうかと思いまして」

厨で手を動かしながら、千吉が言った。

「なるほど、それならいろいろできるな」

「万吉汁、万吉飯、万吉うどん……」

客が指を折りだしたとき、膳が運ばれてきた。

「お待たせいたしました」

おようが頭を下げた拍子に、万吉が目を覚ました。

たちまち泣きだす。泣くのは赤子のつとめだ。

「あとはやるから」

　おちよが声をかけた。

「はい、お願いします」

　若おかみは急いで旅籠のほうへ向かった。

　お乳かおしめか、その両方か、もうぐずり方ですぐ分かる。

　客は次々に入ってきた。

　座敷でも一枚板の席でも、小気味よく箸が動く。

「さすがは万吉ちらしだな」

「秋刀魚に茸、もう秋も終いだが、行く季の恵みがふんだんに入ってる」

「錦糸玉子に干瓢の甘煮に刻んだ油揚げ、それに、胡麻ともみ海苔、脇役もいいつとめをしてらあ」

　客の評判は上々だった。

「けんちん汁も具だくさんでうめえ」

「これも万吉汁にしなよ」

「里芋、蒟蒻、人参、大根、焼き豆腐に葱……これでもかってくらいに入ってやがる」

どの客の顔にも笑みが浮かんでいた。

「なら、いずれ万吉汁に」

おちよが笑顔で答えた。

のどか屋の中食、万吉ちらしの膳は好評のうちにすべて売り切れた。

二

短い中休みのあいだに、おけいと双子の姉妹は呼び込みに出かけた。

「そろそろ支度を」

千吉がいそいそと動き、お食い初めの宴の支度を始めた。

「あっ、来たかも」

ふくがさっと動いたのを見て、おちよが言った。

ほどなく、駕籠が二挺、のどか屋の前で続けざまに止まった。

降り立ったのは、長吉と隠居の季川だった。お食い初めには長老役が要るが、万吉のそれは二枚看板だ。

「おう、冷えるな」

長吉がそう言って右手を挙げた。

「早いもので、もう百日目だから」

おちよが笑みを浮かべた。

「だいぶ大きくなったねえ」

およウが抱っこしている三代目を見て、隠居が言った。

「重さは倍くらいになりました。首もしっかりしてきて」

おようが答える。

「いらっしゃいまし。今日はありがたく存じます」

手を拭きながら厨から出てきた千吉があいさつした。

「もう支度は万端だな」

長吉は座敷を手で示した。

「歯固めの石は出世不動まで行っていただいてきたんで」

おちよのほおに笑みが浮かんだ。

「それなら、出世間違いなしだ。……どっこいせと」

長吉は掛け声を発して座敷に上がった。

隠居も続く。

歯固めの石ばかりでなく、鯛の焼き物もすでに据えられていた。あとは赤飯と吸い物だ。それに、具だくさんの筑前煮がつく。

「では、身内だけなので、支度が整ったら始めましょうか」

時吉も厨から出て言った。

「そうだな。今日はほどほどに呑んで帰るつもりだから」

長吉が言った。

「わたしは泊まるので、代わりに呑むよ」

隠居がそう言ったから、のどか屋に和気が漂った。

「ほら、てんてん、てんてん」

おようはでんでん太鼓で万吉を遊ばせていた。

だいぶしっかりしてきた赤子が見よう見まねで手を動かすたびに、紐についた玉が当たって音が響く。

その動きと音が面白いらしく、万吉は笑みのようなものを浮かべた。

「ほら、おまえたちも」

でんでん太鼓は猫たちも大好きだ。

小太郎とふくが競うように前足を動かす。

「はい、赤飯です」

千吉がお櫃を運んできた。

少し遅れて、時吉が吸い物の椀と筑前煮の大鉢を運ぶ。これで支度が整った。

「では、そろそろ」

おちよが段取りを進めようとした。

そのとき、表で人の話し声がした。

上方訛りが響く。

ほどなく、二人の勤番の武士とともに、お忍びの大和梨川藩主が入ってきた。

三

「はは、ただの浪人、筒井堂之進だ。苦しゅうない」

筒堂出羽守が白い歯を見せた。

おちよから客の身元を告げられた長吉が、思わず平伏しようとしたところだ。

「すっかりのどか屋の上得意になられたんですよ、筒井さまは」

季川が言う。

「のどか屋の料理は江戸一やからな」

一枚板の席に陣取ったお忍びの藩主が言った。

「諸国の弟子のもとを廻る長旅、大儀であった。江戸でゆっくりせよ」

大和梨川藩主は長吉に声をかけた。

「恐れ入ります」

まだいくらかあいまいな顔つきで長吉は答えた。

一枚板の席には小鯛の焼き物と取り分けた筑前煮が出た。仕切り直しで、お食い初めの儀式がおもむろに始まった。

「なら、おとっつぁんから」

おちよが白木の箸を渡した。

この日のために用立てた上等の箸だ。

「よし。食べる真似だけだからな」

長吉はそう言うと、見事に焼きあがった鯛の身をほぐしだした。

でんでん太鼓で遊んでいるときとは違って、万吉はいささか不満げな顔つきをしていた。

「この先、ちゃんとおまんまが食べられるようにという儀式だからね」

千吉が言い聞かせる。

一枚板の客もいるから、時吉は土間に立ったまま腕組みをして見守っていた。

わが子が孫にかけた言葉が妙に心にしみた。

この先も、ずっと無事で、達者で過ごせればそれだけでいい。

時吉は見守りながらそう思った。

「箸の先を石につければいいんだったか」

長吉がおちよに問うた。

「そう。ちょんちょん、と」

おちよが身ぶりをまじえた。

長吉はそのとおりにした。それから、鯛の身をつまみ、万吉の口に近づけた。

「はい、食べたふり」

おようが言う。

「ああ、おいしいね」

千吉が笑みを浮かべた。

しかし……。

万吉は嫌だったらしく、やにわにわんわん泣きだした。

「おお、食うた食うた。鯛まるごと食うたで」

お忍びの藩主が手を打ちながら言ったから、のどか屋に笑いがわいた。

「ええ食べっぷりや」

兵頭三之助も芝居に乗る。

「これで安心です」

稲岡一太郎も和した。

「なら、次は師匠に」

おちよが季川を手で示した。

「すぐ済むからね」

隠居は泣いている赤子に言った。

箸の先を固めの石につけ、鯛の身を食べさせるふりをする。さすがは年季の入った所作だ。

「ありがたく存じました」

千吉が一礼した。

「では、お食い初めの儀式はこれにて。あとは酒肴をお楽しみください」

おちよが笑顔で言った。

「あっけなく終わったな」

　と、長吉。

「それでも泣いちゃったけど」

　おちよが万吉のほうを指さした。

「はいはい、よしよし」

　いまはおようが懸命になだめている。

「そりゃ仕方ないさ」

　隠居が温顔で言った。

「ならば、おれもやってやろう」

　一枚板の席からお忍びの藩主が立ち上がった。

「せっかく……いや、何でもないです」

　兵頭三之助が言葉を呑みこんだ。

　せっかく泣き止みそうだったのに、また元の木阿弥になるかもしれないが、止めるわけにもいかない。

「今度は赤飯がいいな。ささげがうまそうや」

　筒堂出羽守はそう言うと、箸の先を固めの石につけてから赤飯をつまんだ。

「さてもさても、うまそうな赤飯よのう」

狂言の節回しで大仰に言うと、お忍びの藩主は赤子の口に近づけた。

「あ、泣き止んだ」

おちよが言った。

「うまや、うまや、赤飯うまや」

さらに芝居を続けると、万吉は急に機嫌良さそうな顔つきになった。

「さすがは筒井さま」

おちよが持ち上げる。

「来た甲斐があったな」

お忍びの藩主は満足げに笑った。

四

「そのうち、座敷を這い回りそうだな」

筒堂出羽守はそう言うと、長吉からつがれた酒を呑み干した。

勤番の武士たちだけ一枚板の席に残し、おのれは座敷に移ってきたところだ。

国もとにいるときは、馬に乗って領内を見廻り、民の家へしばしば上がりこんで恐縮させていた藩主だ。お食い初めの席にまじって談笑したりするのは、いたって当たり前のふるまいだった。

「落ちないように見張っていないと」

およようが笑みを浮かべた。

まだ這い這いはできないが、万吉はお座りをしてふしぎそうに周りを見ている。

そこへ、二代目のどかとせがれのふくがやってきて、くんくんと赤子の匂いをかぎはじめた。

「ほら、にゃーにゃが来たよ」

おちよが孫に言う。

赤子は加減が分からないから、ふくの頭をぺしっとたたいた。雄猫にしては温厚なふくは、困ったような顔で逃げていった。

「そのうち仲良くなるさ」

隠居が笑みを浮かべた。

「それにしても、この赤飯はうまいな」

お忍びの藩主が満足げに言った。

「ささげがふんだんに入ってますさかいに」

一枚板の席から、兵頭三之助が言う。

「ちょうどいい炊き加減です」

稲岡一太郎も白い歯を見せる。

「筑前煮もうまい。ことに人参が美味や」

筒堂出羽守が箸で示した。

「砂村の知り合いがつくってくれている金時人参なので、味の濃さが違います」

時吉が言った。

砂村の義助が丹精をこめた野菜はどれも美味だが、ことに金時人参の煮物は言ってみれば殿様格だ。

「金時人参を使ったかき揚げもおつくりしますので」

厨に戻った千吉が言った。

「よし、おれも手伝おう」

時吉も腰を上げた。

「いずれはこの子も厨でつとめだな」

お忍びの藩主が万吉を指さした。

「それはちと気の早い話で」

　長吉が笑う。

「でも、あっという間よ、おとっつぁん。千吉があぁやって手際よく厨仕事をするなんて、昔だったら考えられなかったから」

　おちよが言った。

「足も悪かったからな」

　と、長吉。

「ほんに、動けるようになって、こんないい人を娶って……」

　おちよはおようのほうを見た。

「このたび子ができて、ありがてえこって」

　長吉が両手を合わせた。

　ややあって、揚げ物が運ばれてきた。

　金時人参をたっぷり使ったかき揚げに、海老と鱚の天麩羅だ。

「お待たせいたしました」

　千吉と時吉が運ぶ。

「おお、来た来た」

お忍びの藩主が手を打ち鳴らした。

おのれのえさだと思ったのか、二代目のどかが浮き足立つ。

「おまえの分はあっちであげるから」

おちよが猫をひょいとつかんで土間に下りた。

ふくと小太郎としょうも続く。老猫のゆきはあまり食べないから、酒樽の上で寝そべったままだ。

「おお、こらうまいな」

かき揚げを食すなり、筒堂出羽守が言った。

「金時人参が甘いですね」

隠居が笑みを浮かべる。

「揚げ加減もちょうどいいぞ」

長吉が言う。

「かき揚げはわたしが揚げたので」

千吉が自慢げに言った。

「諸国を旅してるあいだに、ますます腕が上がったみてえだな」

長吉が孫に言った。

「いや、まだまだ修業なので」

そう言いながらも、のどか屋の二代目は満面の笑みだった。

五

三代目の誕生を祝う声は、その後もほうぼうからかかった。

ある日の二幕目に入る頃合いに、のどか屋の前に一台の屋台が止まった。

翁蕎麦だ。

もとは浅草亭夢松という名の素人噺家で、紆余曲折を経て蕎麦の屋台を担ぎながら十手も預かる元松親分があるじだ。蕎麦打ちとだし取りはのどか屋の厨で修業をしたから、縁は深い。

平生は大川端で屋台を出し、これまでにいくたりも身投げを思いとどまらせてきた。元松親分自身もかつてはわけあって身投げをしたことがあるから、いち早く勘が働くのだった。

「まあ、いい香りがすると思ったら、わざわざこちらまで？」

おちよが驚いたように問うた。

「三代目が生まれたとお客さんから聞いたもんで、今日はこちらに寄ってみたんです。なんだかあきないの邪魔をしにきたみたいですが」

元松親分が笑みを浮かべた。

ここで若夫婦が三代目をつれて出てきた。

「ご無沙汰してます、元松親分」

千吉が言った。

「これが万吉です」

赤子を揺らしながらおようが和す。

「おお、これは来た甲斐があった」

翁蕎麦のあるじの声が弾んだ。

「せっかくだから、翁蕎麦を一杯」

千吉が指を一本立てた。

「今日は三代目の誕生祝いのふるまいだから、お代はいいよ。大おかみも若おかみも食べていってください」

元松親分は快く言った。

ちょうどまかないを食べたところだったので、おちよとおようは半分ずつ食べることにした。片方が食べているあいだは、万吉を抱っこだ。

「ああ、久々に食べるとうまいですね」

千吉が感慨深げな面持ちになった。

「いつ食べてもうまいよ、翁蕎麦は」

もと素人噺家がまぜかえす。

「はは、それは失礼しました」

千吉はそう言ってまた箸を動かした。

翁蕎麦にはおぼろ昆布が入っている。白髪葱（しらがねぎ）とともに翁に見立てた食材だ。元松親分はもともと乾物屋だから、いい鰹節と昆布を使っている。蕎麦も含めて、のれんを出している名店にも引けは取らない。この蕎麦を食すためにわざわざ遠回りをして大川端へ足を運ぶ常連客も多いほどだ。

「ああ、こくがあっておいしい。……なら、おようちゃんに代わるわ」

おちよは丼をいったん親分に返すと、おようから万吉を受け取ってあやしはじめた。

「ごちそうさま」

千吉が食べ終えて丼を返した。

「ああ、おいしい」

食すなり、およようが言った。

「木枯らしの日に食べるとほっとするね」

千吉が笑みを浮かべた。

若おかみがうなずく。

「三代目も見られたし、ほんとに来た甲斐があったよ」

元松親分が笑顔で言った。

六

二幕目には元締めの信兵衛、さらに、灯屋の幸右衛門と狂歌師の目出鯛三がつれだってやってきた。

「今日は早指南の紙をひとまず頂戴しにまいりました」

目出鯛三が嚢を見せた。

「承知しました。いま取ってきます」

千吉がすぐさま動いた。

ほどなく、かなりの厚みのある紙の束をかかえて、のどか屋の二代目が戻ってきた。

「これは宝の山ですね」

　幸右衛門が目を細めた。

「磨くのはやつがれのつとめで」

　狂歌師がいくらかおどけて言う。

「初めはどういうまとめになりますか」

　一枚板の席から元締めが問うた。

「いきなり風変わりなものを持ってくるのもいかがなものでしょう」

　灯屋のあるじが首をかしげた。

「では、春夏秋冬に添って、旬の料理、それも、長屋の女房衆でもつくれるけれども、手だれの料理人がつくればひと味違うという解説付きでどうでしょう」

　目出鯛三が案を出した。

「ああ、それはいいですね」

　おちよがすぐさま言った。

「いまだったら、寒鰤の照り焼きなどでしょうか」

　千吉があごに手をやった。

「紙はありましょうか」

幸右衛門が問うた。

「ええ、書きました」

千吉はそう言うと、たまった紙の束から一枚を抜き出した。

こう記されていた。

名　ぶりてりやき
季　冬
材　ぶり（寒ぶり）

つくりかた
ぶりの身にはけで粉をはたく
平たい鍋に油を引いて、両面をこんがりとやく
たれをくわへ、ぶりにからめながら照り焼きにする

かんどころ
たれは、酒六、みりん六、しやう油一

　あしらひに青たうがらしなど

「なるほど、手際よくまとめられていますね」

灯屋のあるじがうなずいた。

「この紙を読んだだけで食べたくなってきます」

目出鯛三が笑みを浮かべた。

「鰤の照り焼きなら、喜んでいただくよ」

元締めが手を挙げた。

「なら、さっそくおつくりします」

千吉がさっと動いた。

その後は、万吉にお乳をやってから添い寝をしていたおようが三代目をつれてやってきた。

目出鯛三と幸右衛門にあやされた万吉は機嫌良さそうにしていた。

そこへ寒鰤の照り焼きが運ばれてきた。

「お待たせいたしました」

二代目が皿を下から出す。

「おお、これはうまそうですね」

「なら、さっそく」

座敷の二人が箸を取る。

「元締めさんにも」

一枚板の席にはおちよが運んでいった。

「ああ、これは冬の味ですね」

幸右衛門が食すなり満足げに言った。

「たれがよくからんでます」

目出鯛三が笑みを浮かべる。

「早指南の書物が出れば、長屋でもつくれるようになるね」

元締めが言う。

「平たい鍋さえあれば、つくれるはずです」

と、千吉。

「そうなれば、たくさんの人から感謝されるわね」

おちよのほおにえくぼが浮かんだ。

「そういう書物になるように、気を入れて書かせていただきますよ」

目出鯛三がそう請け合った。

「よろしゅうお願いいたします」

のどか屋の二代目がていねいに頭を下げた。

七

「お、万吉飯だってよ」

翌日の中食の前――。

のどか屋の貼り紙を指さして、常連の大工衆の一人が言った。

「具だくさんとしか書いてねえな」

「それに、けんちん汁と鰤の照り焼きか。豪勢(ごうせい)じゃねえか」

「なら、今日は親子でやってるんだろう。浅草のほうの休みが増えたらしいから」

「とにかく、食おうぜ」

話がまとまった。

具だくさんの料理には「万吉」の名を冠(かん)する。

万吉飯の正体はすぐ分かった。

「なるほど、焼き飯に具だくさんの餡がかかってるんだな」

「親子の二人がかりなら、手が間に合うぜ」

大工衆は納得顔になった。

「蒲鉾(かまぼこ)や葱や豆が入った焼き飯だけでも具だくさんなのに、餡に海老や茸などがふんだんに入っておるな」

近くに住む剣術指南の武家が満足げに言った。

「餡がとろりとしていてうまい」

その連れが笑みを浮かべる。

「だしの香りがまたいい」

「けんちん汁の胡麻の香りもいいぞ」

二人の武家の箸が止まることはなかった。

「はいよ」

千吉が鍋を振って、焼き飯を器に盛る。

「よし」

時吉が香りのいい餡をおたまですくって上からかける。

「はい、お膳一丁あがり」

けんちん汁をよそって添えると、千吉はいい声を発した。

今日はむやみに具だくさんではないから、膳の顔の「万吉汁」ではない。いつもながらのほっとするけんちん汁だ。

「いま運びます」

江美が答えた。

戸美とおけい、勘定場のおようも大忙しだ。

「ありがたく存じました」

おちよがよく通る声を発した。

万吉がぐずったらすぐ若おかみと代われるように待機しながら、常連客に声をかけている。さすがは大おかみの貫禄だ。

のどか屋の面々が力を合わせた万吉飯の膳は、好評のうちに滞りなく売り切れた。

短い中休みを経て、おけいと双子の姉妹はいつものように呼び込みに出ていった。

いまは束の間の凪のような時だ。

「次の万吉料理は何にしようかな」

仕込みをしながら、千吉が言った。

「毎日、具だくさんの万吉料理だともうけが出ないぞ」

戯れ言まじりに時吉が言う。

「ひとわたり万吉料理が出るまではいいでしょう、おまえさん」

おちよが言った。

「次は何がいいかねえ、万吉」

日に日にしっかりしてきたように見えるわが子に向かって、おようが声をかけた。

「あ、お食い初めのときの筑前煮は万吉煮になるかも」

おちよがふと思いついて言った。

「ああ、そうだな。あとは万吉揚げか」

と、時吉。

「大皿一杯の天麩羅で」

千吉が身ぶりをまじえた。

「それは中食では出せないぞ」

すかさず時吉が言った。

「串揚げにして、早めに仕込んで、揚げだけやって大きめの皿に並べればどうでしょう、師匠」

千吉がおうかがいを立てた。

「ああ、それなら出せるな」

時吉が乗り気で言った。

「そのうち、毎日、万吉になってしまいそう」

おちよがそう言って、土間を悠然と歩いてきたゆきの頭をなでた。

まだまだ達者な老猫がひとしきりのどを鳴らす。

「でも、お正月が来たらもう二歳なんですね、この子」

座敷で機嫌良さそうにしている万吉を指さして、おようが言った。

当時は数えだから、秋口に生まれた子でも二歳ということになる。

「もうあっという間にお正月ね」

と、おちよ。

「師匠も帰ってきてくれたし、いい年を迎えられそうだ」

時吉が笑みを浮かべた。

「来年もいい年になればと」

厨で手を動かしながら、千吉が言った。

「気張っていきましょう」

若おかみが明るい声で言う。

「みんなで力を合わせてね」

のどか屋の二代目が、ひときわ張りのある声で答えた。

［参考文献一覧］

『一流料理長の和食宝典』（世界文化社）
田中博敏『お通し前菜便利集』（柴田書店）
田中博敏『旬ごはんとごはんがわり』（柴田書店）
田中博敏『野菜かいせき』（柴田書店）
土井勝『日本のおかず五〇〇選』（テレビ朝日事業局出版部）
野﨑洋光『和のおかず決定版』（世界文化社）
おいしい和食の会編『和のおかず【決定版】』（家の光協会）
鈴木登紀子『手作り和食工房』（グラフ社）
畑耕一郎『プロのためのわかりやすい日本料理』（柴田書店）
『一流板前が手ほどきする人気の日本料理』（世界文化社）
『人気の日本料理2　一流板前が手ほどきする春夏秋冬の日本料理』（世界文化社）

『お豆腐屋さんの豆腐レシピ』（世界文化社）
『復元・江戸情報地図』（朝日新聞社）
日置英剛編『新国史大年表　五-Ⅱ』（国書刊行会）
今井金吾校訂『定本武江年表』（ちくま学芸文庫）

（ウェブサイト）
テレ朝レシピ
All About

二見時代小説文庫

三代目誕生 小料理のどか屋 人情帖33

二〇二一年十一月二十五日　初版発行

著者　倉阪鬼一郎

発行所　株式会社 二見書房
〒一〇一-八四〇五
東京都千代田区神田三崎町二-一八-一一
電話　〇三-三五一五-二三一一［営業］
〇三-三五一五-二三一三［編集］
振替　〇〇一七〇-四-二六三九

印刷　株式会社 堀内印刷所
製本　株式会社 村上製本所

ISBN978-4-576-21172-5
https://www.futami.co.jp/

倉阪鬼一郎

小料理のどか屋 人情帖 シリーズ

剣を包丁に持ち替えた市井の料理人・時吉。
のどか屋の小料理が人々の心をほっこり温める。

①人生の一椀
②倖せの一膳
③結び豆腐
④手毬寿司
⑤雪花菜飯(きらずめし)
⑥面影汁
⑦命のたれ
⑧夢のれん
⑨味の船
⑩希望粥(のぞみがゆ)
⑪心あかり
⑫江戸は負けず
⑬ほっこり宿
⑭江戸前 祝い膳

⑮ここで生きる
⑯天保つむぎ糸
⑰ほまれの指
⑱走れ、千吉
⑲京なさけ
⑳きずな酒
㉑あっぱれ街道
㉒江戸ねこ日和
㉓兄さんの味
㉔風は西から
㉕千吉の初恋
㉖親子の十手
㉗十五の花板(はないた)
㉘風の二代目

㉙若おかみの夏
㉚新春新婚(にいめとり)
㉛江戸早指南(はやしなん)
㉜幸(さち)くらべ
㉝三代目誕生

青田 圭一

奥小姓裏始末

シリーズ

完結

① 奥小姓裏始末1 斬るは主命
② ご道理ならず
③ 福を運びし鬼
④ 公達の太刀
⑤ 二人の手練

竜之介さん、うちの婿にならんかね——。

故あって神田川の河岸で真剣勝負に及び、腿を傷つけた田沼竜之介を屋敷で手当した、小納戸の風見多門のひとり娘・弓香。多門は世間が何といおうと田沼びいき。隠居した多門の後を継ぎ、田沼改め風見竜之介として小納戸に一年、その後、格上の小姓に抜擢され、江戸城中奥で将軍の御側近くに仕える立場となった竜之介は……。